BAILARD

ET

ELOISE.

PIÉCE DRAMATIQUE,

EN VERS ET EN CINQ ACTES.

Infelix perii dotibus ipfe meis.

Ovid. de Pont. Epift. 7.

Le Prix eft de trente fols.

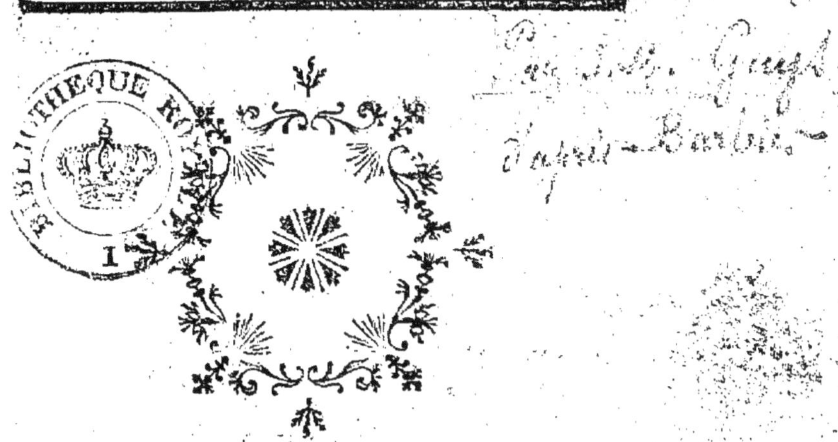

LONDRES.

M. DCC. LII.

Par Jean-Baptiste
Greuze, d'après Barbier
—

EPISTRE

A MADAME DE ***

C'Est à l'amour, ce tyran de mon cœur,
  Que j'offre mon premier hommage.
Puiſſe-t-il, d'un regard flatteur,
  Accueillir l'Auteur & l'ouvrage !
C'eſt lui qui dans l'art de rimer
  M'a dicté ſon tendre langage ;
S'il m'enſeignoit l'art de me faire aimer,
  Je lui devrois encore davantage.
  Vous de qui les charmes vainqueurs,
Seuls auteurs & témoins de l'ardeur la plus tendre,
  M'ont appris à verſer des pleurs,
  Et le plaiſir qu'on goûte à les repandre,
  Amour le veut, regnez toujours ſur moi.
    Et ſi mes dons peuvent vous plaire,
Jeune & belle * * * acceptez, ſans colere,
    Ce tendre gage de ma foi.
Mes vers vont retracer l'hiſtoire déplorable
De deux amans formés dans le ſein des amours.
Jaloux de leur bonheur, le ſort impitoyable
    De leurs plaiſirs borna le cours.
On crut les déſunir, ils s'aimerent toujours.
    Envain la fortune cruelle
    S'oppoſe au ſuccès de nos vœux ;

Si nous brûlons d'une flamme fidelle,
Nous triomphons, en dépit d'elle :
— C'est par le cœur qu'on est heureux.

Vous sçavez, Madame, les raisons qui m'ont déterminé à composer cet ouvrage. Je vous lisois un jour, l'histoire d'Abailard & d'Eloïse, & les lettres passionnées de ces amans malheureux. Je remarquai que cette lecture vous attendrissoit, & que vous ne pûtes vous empêcher de donner des pleurs à leur cruelle situation. Ce spectacle me toucha à mon tour. Peut-on voir deux beaux yeux repandre des larmes, sans être tenté d'en verser ? je pleurai avec vous. Ce tendre hommage que nous rendions à l'humanité, dans un profond silence, dura tout le tems que vous jugeâtes à propos. Je ne m'avisai d'essuyer mes yeux, que quand vous essuyâtes les vôtres. Un moment après vous reprîtes la parole, & je commençai alors à parler. Vous me sçûtes quelque gré de ma sensibilité, parce que vous ignoriez sans doute qu'Eloïse & Abailard n'en avoient pas tout l'honneur. Vous crûtes devoir profiter de ce moment, & vous me priâtes, je me sers de vos termes, de composer une piéce de théâtre sur le sujet que nous venions de lire. Les

priéres des perſonnes de votre ſexe, & faites
comme vous, ſont des ordres qu'il ſeroit
dangereux de ne pas exécuter. Je promis de
les remplir, ſans trop ſonger à quoi je m'en-
gageois. La réflexion me fit voir des difficul-
tes auxquelles je n'avois pas penſé d'abord.
Comment mettre un pareil événement ſous
les yeux d'une nation auſſi delicate que la
nôtre ſur l'article des bienſéances ? une jeune
fille ſéduite par celui à qui on avoit confié
le ſoin de ſes études, une paſſion fondée ſur
le crime, la peine honteuſe & cruelle qui en
fut le fruit ; voilà, ſans doute, des objets
capables de revolter l'imagination, & de
laiſſer dans le cœur des impreſſions dange-
reuſes. Malgré toutes ces raiſons, ma parole étoit donnée. Il n'y avoit plus moyen de
me dédire. Je connoiſſois tout le péril qu'il
y avoit à vous obéir ; mais je craignois encore plus le malheur de vous déplaire, en ne
vous obéiſſant pas. L'intérêt du cœur l'em-
porta ſur celui de l'amour propre. Je ne ſon-
geai plus qu'à remplir mes engagemens. Sans
défigurer mon ſujet, il fallut chercher à l'a-
doucir ; & quoique je ſentiſſe bien qu'il
n'étoit pas fait pour être joué ſur le théâtre,
j'avois cependant beſoin des regles, pour
conſtruire un poëme qui reſſemblât à ceux

qu'on y repréſente. J'en ai négligé quelques-
unes que je n'ai pas cru devoir obſerver ſcru-
puleuſement dans un ouvrage qui ne devoit
être que lu.

La piéce finie, je courus vous la commu-
niquer. Je ne dirai point l'impreſſion qu'elle
fit ſur vous. C'eſt une circonſtance qui n'a
rien d'intéreſſant pour les autres, auſſi en ai-
je recueilli ſeul tout le fruit. Si l'accueil
que vous lui avez fait eſt flatteur pour moi,
il eſt indifférent pour les lecteurs. Ils ne re-
glent point leurs ſuffrages ou leur critique
ſur les diſpoſitions des particuliers ; & cela
doit être. Je me contenterai, Madame, d'a-
jouter ici, qu'après m'avoir engagé à com-
poſer cet ouvrage ; vous avez voulu encore
que je le miſſe au jour. Je n'aurois pas man-
qué de bonnes raiſons à vous oppoſer, ſi
vous aviez été diſpoſée d'en recevoir ; mais
vous êtiez d'humeur de demander, & moi
en train d'accorder. J'avoûrai cependant que
ma complaiſance, à cet égard, a été portée
à l'extréme ; & il ſeroit juſte que vous m'en
tinſſiez quelque compte pour mon dédommagement. Ne croyez pas que je cherche à
me parer d'une fauſſe modeſtie. C'eſt une
reſſource uſée qui n'eſt plus qu'à pure perte
pour celui qui la met en œuvre. Vous le

fçavez , Madame , je fuis autant éloigné à
chercher des éloges peu mérités , qu'à me
refufer à ceux dont je me croirois digne. Les
applaudiffemens du public , à prendre ce
dernier mot dans fa véritable fignification ,
font pour un Auteur ce qu'étoient autrefois
pour un Conquérant les honneurs du triom-
phe. La gloire litteraire ne fçauroit aller
plus loin. Tout écrivain qui fait femblant de
les envifager avec indifférence, en impofe ;
& celui qui eft parvenu à les mériter , eft
monté auffi haut que fon état peut le permettre.

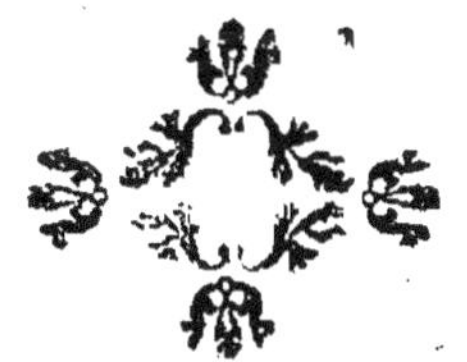

ACTEURS.

LE COMTE, Epoux destiné à Eloïse.

FULBERT, Oncle d'Eloïse.

LA MARQUISE, Sœur de Fulbert.

ELOISE, Amante d'Abailard.

ABAILARD, Amant d'Eloïse.

NERINE, Confidente de la Marquise
& d'Eloïse.

FRONTIN, Valet d'Abailard.

M. GRIF, Intendant.

*La Scene est dans un Château de Fulbert,
aux environs de Paris.*

ABAILARD.

ABAILARD

ET

ELOÏSE.

ACTE PREMIER.

SCENE PREMIERE.

LA MARQUISE, NERINE.

LA MARQUISE.

BAILARD est, dis-tu, dans son
appartement ?

NERINE.

Oui.

LA MARQUISE.

Sçait-il que je veux lui parler ?

NERINE.

Oui, Madame.

LA MARQUISE.

Peut-on compter sur toi, Nerine ?

A

NERINE.

aſſurément.

LA MARQUISE.

Es-tu ſincere ?

NERINE.

Autant que peut l'être une femme.

Dequoi s'agit-il ?

LA MARQUISE.

Toi, dont les yeux curieux

Cherchent partout & percent en tous lieux,
N'as-tu rien découvert au ſujet d'Eloïſe ?

NERINE.

Comment ?

LA MARQUISE.

N'as-tu pas apperçu

Si pour quelqu'un ſon ame étoit épriſe ?
Et ſi....

NERINE.

Non. Là-deſſus je n'ai jamais rien vû.
Depuis le jour que votre frere
A dans ces lieux introduit Abailard,
Philoſophe charmant, s'il étoit moins auſtére,
J'ai promené mes yeux de toutes parts,
Pour voir ſi le Docteur, en effet moins ſévére,
ne donneroit pas par haſard
A l'éleve qu'on lui confie
D'autres leçons que de Philoſophie.
Malgré ce que j'ai fait pour éclaircir ce point,
Je n'ai rien découvert où l'on puiſſe redire.
L'un ne fait qu'enſeigner, & l'autre que s'inſtruire.
Ils s'eſtiment tous deux, mais ils ne s'aiment point.

LA MARQUISE.

Et ſur quoi juges-tu de leur indifférence ?

NERINE.
La chofe eft fort claire, je penfe.
Semblables à ces gens qui fe piquent d'efprit ;
Ils font toujours d'un fentiment contraire.
C'eft corfaire contre corfaire.
L'unveut blanc, l'autre noir. On crie, on s'étourdit
On ne parle que par *dilème*.
(J'ai retenu ce mot en dépit de moi-même.)
Non. Ce n'eft pas ainfi que l'amour en agit.
On eft toujours d'accord avec ce que l'on aime ;
Et l'on ne fait pas tant de bruit.
LA MARQUISE.
N'importe. Il faut plus loin porter ta vigilance,
Et redoubler ta prévoïance,
Et tu m'avertiras....
NERINE.
Enfin nous y voilà.
LA MARQUISE.
Nerine, qu'entends-tu par là ?
NERINE.
Me feroit-il permis de dire ma penfée ?
LA MARQUISE.
Eh bien ?
NERINE.
A vos difcours on pourroit parier
Que vous voulez vous marier,
Que même vous êtes preffée ,
Et que le Philofophe eft , foit dit entre nous ,
Celui que votre cœur demande pour époux.
LA MARQUISE.
Quoi, Nerine, tu veux qu'à ce point je m'oublie?
NERINE.
Laiffons tous les raifonnemens.
On eft fille, il fuffit. Et l'on fent là dedans

Un je ne fçais quoi qui nous crie
Qu'il faut ceffer de l'être après un certain tems.
LA MARQUISE.
Mais....
NERINE.
C'eft un droit qu'on paie à la nature,
Et qu'elle demande à grand cri.
LA MARQUISE.
Moi, je foûtiens....
NERINE.
Et moi, je vous affûre
Que nous avons befoin toutes deux d'un mari.
LA MARQUISE.
Tu croirois donc....
NERINE.
Je crois que votre état vous pefe.
Çà mettons-nous l'une & l'autre à notre aife.
Le cas n'eft point douteux, il vous faut un époux.
Voïons fi le Docteur, Madame, fait pour vous....,
Je crois que non.
LA MARQUISE.
Pourquoi ?
NERINE.
Voici ce que j'en penfe.
Vous avez de grands biens, un nom, de la naif-
fance,
Un ton de coûr, des airs brillans.
Votre Abailard, eft homme de province,
Pour bien il n'a que fes talens,
Et je foupçonnerois fa nobleffe fort mince.
LA MARQUISE.
Quoi ! parce qu'il n'a pas un nom, de grands
emplois,
Mérite-t'il moins de me plaire ?

Mais à juger de lui par tout ce que je vois,
Sans doute il ne fort point d'une race vulgaire.
Il eſt même, ſi je m'en crois,
Philoſophe par goût, & profeſſeur par choix.
NERINE.
Par goût, ou par beſoin, ſoit ; il eſt Philoſophe.
Un Mari de ſemblable étoffe,
Qu'il ſoit enfin tout ce que l'on voudra,
Je vous proteſte bien, Madame,
Qu'il n'auroit pas l'honneur de m'avoir pour ſa
femme.
Les ſots mortels que ces gens-là !
Moi, je préférérois un fat, un petit maître
A tous ces grands docteurs, hériſſés d'argumens.
Un fat n'eſt fat que dans certains momens,
Un ſot ne ceſſe point de l'être.
LA MARQUISE.
Mon avis ſur ce point eſt différent du tien.
D'ailleurs, s'il faut ne te rien taire,
Cet Abailard, enfin....
NERINE.
Eh bien ?
LA MARQUISE.
Sans y penſer, a trouvé l'art de plaire.
NERINE.
Soit. Un ſçavant vaut encor mieux que rien.
Vous l'épouſerez donc ?
LA MARQUISE.
J'en ſuis preſque tentée.
Non que de ſes talens je ſois fort entêtée.
Je les admire, j'en fais cas,
Mais ils ne m'ébouiſſent pas.
Ce qui me pique en cette circonſtance
Eſt de regner ſur un cœur endurci

Où regne uniquement l'amour de la science ;
De voir un bel esprit, comme un tigre adouci,
Oublier à mes pieds sa superbe arrogance.
            J'ai vu tomber à mes genoux
            Le Magistrat, le Militaire,
            L'homme de cour, l'homme d'affaire,
            Et je les ai méprisés tous.
Les soins qu'ils me rendoient, ils les rendoient
    à d'autres.
        Mais un savant est ferme en ses amours.
        S'il s'engage, c'est pour toujours.
        Et ne connoît d'autres loix que les nôtres.
Quand de pareils amans deviennent nos époux,
Nous dominons sur eux, sans qu'ils regnent
    sur nous.
            L'hymen rallentissant leurs flammes,
            La vieille habitude renaît.
L'étude tout entier les occupe, & leurs femmes
Font de leur liberté l'usage qu'il leur plaît.
Ainsi, tirant parti de toutes leurs foiblesses,
        Par vanité nous sommes leurs maîtresses,
        Et leurs femmes par intérêt.

N E R I N E.

        C'est agir prudemment, Madame.
Il faut donc l'épouser & faire son chemin.
        Pour moi, sur son valet Frontin
J'ai fait tomber mon choix, & je serai sa femme,
Si vous le trouvez bon.

L A   M A R Q U I S E.

            Tu peux compter sur moi.
Mon frere est à Paris, où, selon l'apparence,
Il songe à marier Eloise, & je croi
Que c'est là le motif d'une si longue abscence.
    A son retour je parlerai pour toi.

NERINE.

Nous l'attendrons peut-être encor long-tems,
   je pense.

LA MARQUISE.

Il m'écrit qu'aujourd'hui nous le verrons ici.
De son consentement je te réponds d'avance.
   Adieu.

NERINE.

        Madame , grammerci.
   Comptez aussi sur ma prudence.
   Abailard vient. Desormais avec soin
    J'observerai leur contenance ,
Et vous viendrai, de tout, informer au besoin.

SCENE II.

LA MARQUISE, ABAILARD.

ABAILARD.

Auprès de vous , Madame , on m'a dit de
   me rendre.

LA MARQUISE *à part.*

   Quel trouble est comparable au mien !
haut. Peut-on vous demander un moment d'entretien ?

ABAILARD.

Me voici prêt à vous entendre.

LA MARQUISE.

Mais, avant tout , sur vous puis-je compter?

ABAILARD.

C'est m'offenser que d'en douter.

LA MARQUISE *à part.*

Ah ! qu'il en coute cher d'aimer & d'être femme !
Et que j'éprouve un cruel embarras !

haut.

Voyez mes yeux, ne vous difent-ils pas
L'état où fe trouve mon ame ?

ABAILARD.

Non.

LA MARQUISE.

Ah ! que je le hais de s'expliquer fi mal !
Mais vous dont le génie eft, dit-on, fans égal,
Et je crois qu'en cela l'on ne vous fait pas grace,
Qui même dans les cieux fçavez ce qui fe paffe,
Ne concevez-vous pas ce qui fe paffe en moi ?

ABAILARD.

Non, Madame, & j'avoue ici mon ignorance.

LA MARQUISE.

Abailard, à ce que je voi,
Vous n'étes point fi favant que l'on penfe !
Et c'eft ce qui fait mon ennui.

ABAILARD.

Le cœur humain eft un vrai labyrinte.
On ne voit rien de plus obfcur que lui.
C'eft où regnent fur-tout & l'erreur & la feinte.
L'homme peut bien porter fes regards dans les
    cieux,
Mefurer leur efpace, en compter tous les feux,
Connoître la nature & fon Auteur fuprême ;
Mais, foit diftraction, foit négligence extrême,
Ou crainte de fe voir fi petit à fes yeux,
L'homme ignore un autre homme, & s'ignore
    lui-même.

LA MARQUISE.

Il eft vrai. Pour juger des foibleffes d'autrui,

Il faut avoir senti ce qui se passe en lui.
   Pour vous que rien n'altere, ni n'enflamme,
   Vous ne pouvez pas concevoir....
ABAILARD.
Je n'oserois me prévaloir....
LA MARQUISE.
   Sans pénétrer trop avant dans votre ame,
Je pourrois avancer que sur un certain point
Au reste des mortels vous ne ressemblez point.
ABAILARD.
Et quel est ce point là ?
LA MARQUISE.
       C'est l'amour.
ABAILARD.
      Quoi, Madame,
   Vous me croïez incapable d'aimer ?
LA MARQUISE.
Oui.
ABAILARD.
   Je n'ai point sucé le lait d'une tigresse,
Et dans moi la nature a pris soin de former
Un cœur*, des sentimens, de la délicatesse,
Enfin tout ce qui fait qu'on se laisse charmer.
Eh ! quelle ame, après tout, & si fiere & si dure
Ne se laissera pas quelquefois enflammer,
En voyant les beautés qui parent la nature,
Et ces yeux dont les feux sçavent tout animer ?
LA MARQUISE.
   S'il arrivoit donc qu'une femme
   Voulût....
ABAILARD à part.
     A quoi tend ce propos ?....
haut.
Voilà votre intendant qui vous cherche, Ma-
   dame.

* Voïez le poëme soïadique des _Coeurs_ B. de l'abbé de Boufflers, 1765.

✥✥✥✥✥✥✥✥✥✥✥✥✥✥✥✥✥

SCENE III.

LA MARQUISE, ABAILARD, M. GRIF.

LA MARQUISE à part.

AH ! que ces intendans font fots !
haut.
Laiffez-moi , je vous prie , un moment en repos.
Un autre jour je verrai cette affaire.

M. GRIF *très-lentement.*

Madame point du tout. J'aurai fait en deux mots.

ABAILARD à part.

Non. Jamais Intendant ne fut plus neceffaire.

M. GRIF , *toujours fur le même ton.*

Comme je fuis exact , & fur-tout fort concis ,
Je vous apporte ce mémoire ;
Les articles duquel, comme on peut bien le croire,
Sont rédigés par ordre , & d'un ftile précis ,
Au nombre feulement de cent cinquante-fix ,
Contenant toutes les dépenfes
Faites jufqu'à ce jour , quatorziéme du mois ,
Pour les menus plaifirs , & leurs appartenances.

LA MARQUISE.

Vous reviendrez une autre fois.
Je n'ai pas le loifir d'examiner ce compte.

M. GRIF.

Dont le total , fauf erreur & mécompte ,
Se monte , comme on voit tout au bas du cayer ,
A neuf cens quinze francs , dix-neuf fous , un
denier.

LA MARQUISE.
Eh ! Monsieur Grif !
M. GRIF.
On n'en peut rien rabattre.
Vous ne voudriez pas que j'y misse du mien.
LA MARQUISE.
Non. Mais ....
M. GRIF.
Il faut que chacun ait le sien.
Mon compte est aussi clair que deux & deux sont
quatre.
LA MARQUISE.
Je le crois. Cependant ....
M. GRIF.
Je suis un homme franc.
J'aime mieux n'avoir rien, & mourir sur un banc,
Que d'amasser du bien , au péril de mon ame.
LA MARQUISE.
Aurez-vous bientôt dit ?
M. GRIF.
Je suis ravi , Madame ,
Que vous rendiez justice à ma fidélité.
Je m'en vais donc avec humilité ,
Pour éviter tout reproche & tout blâme ,
Vous détailler ....
LA MARQUISE.
Sortez.
ABAILARD.
Je me retirerai ,
Si vous voulez.
LA MARQUISE à *Abailard.*
Eh non. Restez.
M. GRIF.
Je resterai.
B ij

C'eſt mon deſſein.
LA MARQUISE.
Bourreau !
M. GRIF.
Vous êtes trop honnête,
Je vais donc commencer. *Primò.* Pour ....
LA MARQUISE *à part.*
Quelle tête !
Je n'y tiens plus.
M. GRIF, *liſant.*
Primò donc, pour odeurs,
Eau de lavande, eſſences, muſc, civete,
Eaux pour blanchir les dents, pour chaſſer les
vapeurs,
Ou rendre le teint frais, & mainte autre recete,
Deux cens quatre-vingt francs.
LA MARQUISE.
C'en eſt fait : je me meurs,
M. GRIF *ceſſant de lire.*
Je ne vous ſurfais pas. Il faut qu'on conſidere
Que chacun dans cette maiſon,
Juſqu'à la petite fermiere,
Et même votre cuiſiniere,
Uſe d'ambre & de vermillon.
C'eſt pis qu'une fureur.
LA MARQUISE.
Je ſuis évanouie.
J'étouffe.
elle ſort.
M. CRIF *continuant de lire.*
Secundò. Pour deux petits roquets,
Un épagneul, un ſinge, & quatre perroquets.
Cinq cens livres, dix ſols.

ABAILARD.
Mais à qui, je vous prie,
En avez-vous donc, Monsieur Grif ?
Ne voyez-vous pas bien que Madame est sortie ?
M. GRIF.
Ah ! pardonnez. Je vais d'un pas hatif
Chercher Madame, à s'esquiver bien prompte,
Et lui notifier le surplus de mon compte.
Il sort.

SCENE IV.

ABAILARD, ELOISE.

ABAILARD.

CET Intendant est un homme rétif.
Mais Eloïse vient. Vous me semblez rêveuse ?
ELOISE.
Ne pénétrez-vous pas ce qui fait mon ennui ?
Je ne vous avois point encore vû d'aujourd'hui.
Je vous revois enfin, & je suis trop heureuse !
Cher Abailard, m'aimeriez-vous toujours ?
ABAILARD.
Un tel soupçon me surprend & m'outrage.
Pourquoi me tenir ce discours ?
ELOISE.
Vous m'aimez? je ne veux rien sçavoir davantage.
ABAILARD.
Mes sermens, vos bontés, & vos tendres appas,
Tout ne vous rassure-t-il pas ?
Avec tant d'agrément peut-on cesser de plaire ?

ELOISE.

Si votre cœur est bon , je suis en sureté.
La constance est le fruit d'un heureux caractère ;
Non l'ouvrage de la beauté.

ABAILARD.

Vous m'offensez par ces injustes plaintes.
Que craignez-vous ?

ELOISE.

Pardonnez à mes craintes.
Pour calmer mon esprit , je demande en ce jour
Une preuve de votre amour.
Il faut....

ABAILARD.

Parlez : que faut-il faire ?

ELOISE.

On attend de mon oncle aujourd'hui le retour.
Il lui faut de nos feux découvrir le mystère.

ABAILARD.

O Ciel ! qu'osez-vous proposer.
Madame , & quelle est ma surprise !

ELOISE.

Quoi ! vous osez me refuser !
C'en est fait , Abailard n'aime point Eloïse !

ABAILARD.

Madame , il vous adore , & jamais tant d'ardeur
Ne s'étoit fait sentir dans le fonds de mon cœur.
Mais ....

ELOISE.

Qui peut empêcher l'effet de vos promesses ?

ABAILARD.

Tout.

ELOISE.

Quoi ! vous craignez....

ABAILARD.

Oui. Je crains mille revers.
Je crains mon amour, mes foibleſſes,
Les rigueurs de Fulbert, enfin tout l'univers.
Eſt-ce là, dira-t-on, ce Philoſophe auſtère ?

ELOISE.

Tu crains les vains diſcours d'un peuple téméraire,
Et de ton Eloïſe, & d'une amante en pleurs,
Tu comptes donc pour rien la honte & les dou-
leurs !
Quoi ! ſon amour trahi, l'état où tu la laiſſes, —
Tes ſermens redoublés, la foi de tes promeſſes ;
Que ſçais-je encor ! peut-être mon trépas,
Qui va ſuivre de près la honte où tu m'abbaiſſes,
Ingrat ne te toucheront pas !

ABAILARD.

Ah ! cruelle ! ceſſez de tenir ce langage.
Vous vivrez, ſi vos jours dépendent de ma foi.
Ecartons ces horreurs loin de vous & de moi.
J'entrevois, à travers la fureur de l'orage,
Un port qui peut nous mettre à couvert du nau-
frage.
Venez, pourquoi balancez-vous ?
Profitons des momens que le Ciel nous envoye.
En me ſuivant vous ſuivrez un époux.

ELOISE.

Pour nous ſauver n'eſt-il que cette voye ?

ABAILARD.

Dequoi pouvons-nous nous flatter ?
Eſclave des grandeurs, pleins de ſon opulence,
Fulbert voudra-t-il écouter
Un amant, qui ſans biens, ſans titre, ſans
naiſſance,
Ne peut piquer ſa vanité

D'aucun de ces grands noms dont il est entêté ?
Quand même à nos desirs rien ne seroit contraire,
    Pouvons-nous rester en des lieux,
Où l'on va désormais à la honte des deux,
Publier mille bruits qu'on ne peut faire taire ?
Je sens que j'en mourrois de douleur à vos yeux.

ELOISE.

Non, cher amant, souffrez seulement que j'agisse.
Eloïse pour vous priera, pressera,
Devant son cruel oncle elle s'abaissera.
Fulbert à nos souhaits peut devenir propice.
Alors, cher Abailard, unie à votre sort,
Alors de votre cœur uniquement jalouse,
    Vous me verrez vous suivre avec transport
Partout où vos desirs conduiront votre épouse.

ABAILARD.

    Eh bien. Je veux tout ce que vous voulez,
      Je veux jusqu'au bout vous complaire.
    Voyez Fulbert, priez, pressez, parlez.
Employez de vos yeux l'éloquence ordinaire.
J'entends du bruit : changeons de ton & d'entretien.

✤✤✤✤✤✤✤✤✤✤✤✤✤✤✤✤✤✤✤✤✤✤✤✤✤✤

SCENE V.

ELOISE, ABAILARD, NERINE.

NERINE, *à part au fond du Théatre.*

SUR le fait je m'en vais les prendre.
Ecoutons leurs discours, & retenons-les bien.

ABAILARD.

ABAILARD.

La chofe eft aifée à comprendre,
Et par l'expérience on peut la démontrer.
On a grand tort de s'opiniâtrer
Et contre la raifon, & contre l'évidence.

ELOISE.

Si l'air eft élaftique, il eft conféquemment
        Pefant, compacte & plein de refiftance.
Or s'il eft tout cela, je ne vois pas comment
        Les hommes peuvent un moment
        Réfifter à ce poids immenfe.
Il doit les écrafer indubitablement.

ABAILARD.

Non. Car, l'air du dedans tient l'autre air en balance.

ELOISE.

Cet air extérieur devroit les empêcher
        Au moins d'aller, de venir, de marcher.
Je croyois me mouvoir dans un immenfe vuide.
Soûtenir le contraire, eft vraiment me fâcher.
Il me faut déformais marcher d'un pas timide,
        Contre un atôme trop folide.

ABAILARD.

Ne craignez rien. L'air eft fluide.

ELOISE.

Je commence à voir clair, mais pour m'éclaircir
    mieux,
        Recourons à l'expérience.

Vont au cabinet de phyſique expérimentale obſerver le ciel du lit, et faire enſemble la bête à deux dos, ... madame Du Chatelet.   Ils ſortent...

SCENE VI.

NERINE, *seule.*

HELAS ! qu'ils font fimples tous deux !
Ils ont peu de malice, encor moins de fcience:
Car la premiere, à mon avis,
Eft, quoique puiffe dire un docte & fes écrits,
Celle d'aimer & de fe rendre aimable.
Frontin l'a dit, j'en crois Frontin.
Or je foutiens, chofe fort foutenable,
Qu'un amant ignorant eft toujours préférable
Au Philofophe froid qui n'a que fon latin.

SCENE VII.

FRONTIN, NERINE.

NERINE.

AH ! te voilà.

FRONTIN.

Bonjour, Nerine.
Comment me traite-tu, ma charmante Lutine ?
Car on peut à bon droit t'appeller de ce nom.

NERINE.

Le compliment eft doux: Mais par quelle raifon
Me donne-tu ce titre honnête ?

FRONTIN.

Bon ! ne le fais-tu pas ? depuis plus de fix mois
Que mon amour me roule dans la tête,

Tu ne m'as pas permis seulement une fois .....
NERINE.
Pour le present je n'ai rien à permettre.
Mais lorsque nous serons unis,
De tout je te laisse le maître.
FRONTIN.
Tout perd alors la moitié de son prix.
Dans les bras du devoir l'amour triste sommeille.
Ce qu'on lui défend le reveille.
Si tu voulois en attendant ....
NERINE.
Doucement, Frontin, & sois sage.
FRONTIN.
Tu le veux ? Soit. Pourvu que l'Intendant....
NERINE.
Quoi ?
FRONTIN.
N'anticipe point sur notre mariage,
NERINE.
Pauvre esprit !
FRONTIN.
Cependant je crains ....
NERINE.
Et que crains-tu ?
FRONTIN
Que Monsieur Grif....
NERINE.
Qui ? lui ! cet animal têtu,
Ce grand Flandrin, cette figure d'homme,
Qui ne finit jamais, dont la presence assomme,
Qui, d'éternels discours, assassine les gens !
Je sais mieux choisir mes amans.
Mon goût pour toi le prouve assez.

FRONTIN.
Pour moi ?

NERINE.
Sans doute.

FRONTIN.
Qui m'en repondra ?

NERINE.
Moi. Mon cœur.

FRONTIN.
Les bons garans !

NERINE.
Ils font fûrs, & je veux t'en bien convaincre. Ecoute.

FRONTIN.
Quoi.

NERINE.
Fulbert arrive aujourd'hui.

FRONTIN.
Oui.
Après.

NERINE.
Demain je ferai ton épouse.
La Marquife l'a dit.

FRONTIN.
J'en fuis , parbleu , ravi.
Touche là.

NERINE.
Fais donc tréve à ton humeur jalouse.

Fin du premier Acte.

ACTE II.

SCENE PREMIERE.

M. GRIF, NERINE.

NERINE.

Laisse-moi, s'il vous plaît. Je ne veux rien entendre.

M. GRIF.

Quatre mots seulement.

NERINE.

Non. Pas la moitié d'un.

M. GRIF.

Vous avez beau vous en défendre.

NERINE.

Allez-vous-en.

M. GRIF.

Souffrez....

NERINE.

Ah l'importun?

M. GRIF.

De grace, écoutez-moi.

NERINE.

Quel homme acariâtre !

Adieu.

M. GRIF.
Je veux vous suivre, & dûssiez-vous me
battre.
Il faut, avec votre permission....
NERINE.
Soit. J'aurai plutôt fait de lui laisser tout dire.
Voyons donc : mais sur-tout point de digression.
Soyez expéditif.
M. GRIF.
C'est mon intention.
Toute longueur ennuye ; & des tourmens le pire,
C'est l'ennui.

NERINE.
Je le sens.
M. GRIF.
Le tems qui court toujours,
Nous avertit qu'il faut abreger nos discours,
Ne rien dire de trop.
NERINE.
Votre ton laconique
Me plaît assez.
M. GRIF.
Je vais droit au but, & m'en pique.
Je ne lâche jamais un mot qui soit de trop.
Ma langue, & mon esprit vont toujours le galop.
NERINE.
Il y paroît, je vous assûre.
Mais de quoi s'agit-il ?
M. GRIF.
Je viens vous supplier
Que vous me permettiez....
NERINE.
Quoi ?
M. GRIF.
De me marier,

Pour laiſſer après moi de ma progéniture.
N E R I N E.
Nous préſerve le ciel d'une telle avanture !
Quand tous les Intendans , & les Grifs avec eux
Seroient morts pour toujours , il n'en iroit que
    mieux.
M. G R I F.
Ce deſſein au contraire eſt ſage & fort louable.
C'eſt pour l'effectuer, que j'ai jetté les yeux
Sur certaine beauté , dont l'humeur agréable
Me promet un bonheur. . . .
N E R I N E.
Son nom ?
M. G R I F.
C'eſt. . . . Devinez.
Oh ! je ſuis ſûr que vous la ſoupçonnez.
N E R I N E.
Qui voulez-vous que je ſoupçonne ?
M. G R I F.
En un mot , c'eſt vous-même , adorable frippone.
N E R I N E.
Vous m'aimez ?
M. G R I F.
Grâce au ciel ! c'eſt là tout mon ſouci.
N E R I N E.
Tant pis pour vous, car grâce au ciel auſſi !
Je ne vous aime point.
M. G R I F.
Ah ! vous étes trop bonne ,
Pour ne pas agréer mes très-humbles reſpects.
N E R I N E.
De vos humbles reſpects je ſuis l'humble ſervante ;
Je ne veux point être Intendante.
M. G R I F.
Vos charmes ſont ſi doux !

NERINE.
Les vôtres font fi fecs !

M. GRIF.
Si pourtant vous vouliez me croire . . . . .

NERINE.
N'en parlons-plus.

M. GRIF.
J'ai du comptant.
Je vous enrichirai.

NERINE.
Je n'aime point l'argent.
Ce feroit cependant une œuvre méritoire
Que de plumer un Intendant.

M. GRIF.
Prenez pitié de mon martyre.
Voyez mes pleurs.

NERINE.
Vos pleurs me font crever de rire.
Allez mon pauvre ami , je ne veux rien de vous.

M. GRIF.
J'ofe efperer qu'un jour , d'un regard moins fevere,
Vous verrez de mon cœur l'hommage volontaire
Et que prenant pour moi des fentimens plus doux,
D'un ferviteur foumis vous ferez un époux.

M. GRIF *fait en fortant plufieurs révérences ,
accompagnées de geftes & de regards paffionnés.
Nerine y répond avec un ris moqueur , & des
geftes méprifans.*

SCENE

SCENE II.

NERINE *seule.*

CE Monſieur Grif eſt un homme admirable !
Je lui ſçais gré pourtant de me trouver aimable.
Quoique de ſa conquête on ſoit peu glorieux ,
Cela flate toujours l'amour propre femelle.
Qu'un ſot aime une femme, & diſe qu'elle eſt belle ,
Il n'eſt plus ſi ſot à ſes yeux.

SCENE III.

LA MARQUISE , NERINE.

LA MARQUISE.

NERINE, eh bien ; n'as-tu rien à me dire ?
NERINE.
Pardonnez-moi. Nos gens ne s'aiment point.
Soyez tranquille ſur ce point.
Je m'y connois.
LA MARQUISE *à part.*
Grâce au ciel je reſpire !
NERINE.
Tantôt ſeuls je les ai ſurpris
Qui raiſonnoient ſur certaine matiere,
Selon moi, fort peu néceſſaire.
Les Philoſophes ſont de ſinguliers eſprits !
LA MARQUISE.
Sur quoi diſputoient-ils ?

D

NERINE.

Sur l'air. Quelle misere !
Oui, Madame, sur l'air. Je vous laisse à penser
Si ce point-là pouvoit les bien intéresser.
Ils ont parlé beaucoup & du plein, & du vuide,
Du pesant, du leger, enfin que sçais-je, moi,
Ce qu'ils ont dit encor ! je croi
Pourtant, Madame, & je décide
Qu'ils n'ont en tout cela rien dit de fort solide.

LA MARQUISE.

Ils ne s'aiment donc point, Nerine ?

NERINE.

Assûrément.
L'amour, pour s'expliquer, parle bien autrement.
Je crois, à peu près, m'y connoître.
Lorsqu'on voit quelque objet charmant,
Objet aimé, comme il doit l'être,
Ce sont certains soupirs, c'est un air de langueur,
Des yeux tantôt éteins, tantôt remplis d'ardeur ;
C'est un transport dont on n'est pas le maître.
Que de vivacité ! quel doux épanchement !
Que l'on s'exprime éloquemment !
On gémit, on se plaint, on quérelle, on s'appaise.
Tantôt triste, puis gai, toujours tendre, toujours
Ayant à reveler quelque sécret qui pése.
Gestes, maintien, regards, discours,
Pleurs, sourire, silence même,
Nous sommes tout amour, tout annonce qu'on
aime.
Est-on heureux ? c'est une joye, un bien
Près duquel le reste n'est rien,
Et les yeux d'un amant semblent partout le dire.
Veut-on le devenir ? On s'empresse, on soupire,
Ce sont de soins, c'est un tendre respect,

Des difcours fi touchans ! On s'epuife en tendreffe,
On promet tout. Quelqu'un nous paroît-il fufpeÛ?
Craint-on quelque rival ? efprit, raifon, fageffe,
Repos, tout difparoît, & c'eft pis qu'une yvreffe.
Voit-on l'objet aimé fe déclarer pour nous ?
    Adieu fureurs, adieu tranfports jaloux,
      Tout fe calme, & l'orage ceffe.
Ce n'eft point-là le portrait de nos gens.

LA MARQUISE.

Je vois qu'à me fervir tu te montres fidelle.
Mais ma niéce paroît. Qu'on me laiffe avec elle.
Je fçaurai te payer de tes foins obligeans.

SCENE IV.

LA MARQUISE, ELOISE.

LA MARQUISE.

ELOISE, je fçais que vous êtes fincere,
Sur un point important daignez ne me rien taire.
    Je vous aime, & je n'eus jamais
Rien de caché pour vous.

ELOISE.

           Je n'ai point de fecrets
  Dont je ne puiffe vous inftruire.

LA MARQUISE.

Connoiffez-vous à fonds votre maître ?

ELOISE.

                Je fçais
Qu'il a de grands talens que tout le monde admire,
Qu'on fait fur-tout fous lui de merveilleux progrès.

LA MARQUISE.

Ce n'est pas là sur quoi je veux qu'on m'éclaircisse.
À ses talens je rends justice.
Pensez-vous qu'Abailard eût de l'éloignement
Pour quelque tendre engagement ?

ELOISE.

Je ne comprends pas bien ce que vous voulez dire,
Daignez.....

LA MARQUISE.

Je vais m'expliquer mieux.
Je veux le marier.

ELOISE.

Le projet est heureux !

LA MARQUISE.

Croyez-vous qu'Abailard refuse
De se prêter à cet arrangement ?

ELOISE *vivement.*

Oui. Je le crois.

LA MARQUISE.

Mais quelle excuse
Pourroit-il donc avoir ?

ELOISE.

Il en a cent.
Un Philosophe ! lui , songer au mariage !
Non. Il n'est pas propre pour le ménage.

LA MARQUISE.

De son état on pourra l'arracher.
Une femme charmante, à la fleur de son âge ,
Peut beaucoup sur un cœur qu'elle veut s'attacher.

ELOISE.

L'épouse qu'à son sort vous avez destinée
A donc bien de piquans appas ?

LA MARQUISE.

Mais dans le monde on dit qu'elle n'en manque pas.

Vous me paroiſſez étonnée ?
ELOISE.
Madame, point du tout.
LA MARQUISE.
Quelque intérêt ſecret
Vous fait-il craindre que ſon ame
Ne ſe livre aux tranſports d'une amoureuſe flâme ?
ELOISE.
Je ne vous comprens point. Ai-je d'autre intérêt
Que celui que l'on trouve auprès d'un maître ha-
bile ?
M'inſtruire, me former eſt tout ce que je veux.
LA MARQUISE.
Vous faites ſagement de borner là vos vœux.
ELOISE.
Cette reflexion eſt aſſez inutile.
LA MARQUISE.
Ma niéce, ſi j'en crois vos yeux, votre embarras...
ELOISE.
Vous me déſeſpérez en parlant de la ſorte.
LA MARQUISE.
Mais voyez où déja le dépit vous emporte.
Poſſedez-vous donc mieux, puiſque vous n'aimez
pas.
ELOISE *vivement.*
Je me poſſede auſſi.
LA MARQUISE.
Vous n'êtes pas ſincère.
Cet air myſtérieux, votre ſaiſiſſement....
ELOISE.
Mais il n'eſt point là de myſtère.

LA MARQUISE.
Bien ſérieuſement ?

ELOISE.

Oui. Sérieusement.

LA MARQUISE.

Je vais donc époufer Abailard.

ELOISE.

Vous, Madame ?

LA MARQUISE.

Oui. Moi.

ELOISE.

Vous vous moquez.

LA MARQUISE.

Non.

ELOISE.

Vous feriez la femme
D'un.... Cela ne fe peut.

LA MARQUISE.

J'y ferai de mon mieux.
Abailard à peu près eft inftruit de mes vœux.

ELOISE *à part*

Qu'entens-je ! Quoi le traître ! il a pu me le taire!
haut.
Sans doute cet amour, avec un front févère,
On ne l'aura pas écouté ?

LA MARQUISE.

C'eft porter un peu loin la curiofité.

ELOISE.

Non. Je n'en doute point, vous avez fçu lui plaire.
Abailard des mortels eft le plus amoureux.
Aimez-le à votre tour, devenez fon époufe.
Mon ame affûrément.... n'en fera point jaloufe.

à part.

Je fuis perdue ! (*haut*) Il vient. Vous pouvez tous
les deux
Vous arranger pour cet himen heureux.

elle fort.

SCENE V.

LA MARQUISE, ABAILARD.

ABAILARD *à part*.

ELoïse m'évite ! ah ! que j'ai lieu de craindre....
Si j'ofois m'éclaircir.... Mais il faut fe contraindre.

LA MARQUISE *à part*.

Il me cherche des yeux, il paroît fe troubler.
Sans doute il vient pour me parler.

ABAILARD *à part*.

Attendons qu'elle fe retire

LA MARQUISE *à part*.

Il refléchit fur ce qu'il doit me dire.

ABAILARD *à part*.

Que cet inftant me péfe, & que je voudrois bien...

LA MARQUISE *à part*.

Voyons s'il parlera.

ABAILARD *à part*.

Le touchant entretien !

LA MARQUISE *à part*.

Oh c'en eft trop. Il faut que je commence.
Quel fupplice ! (*haut*) Abailard.

ABAILARD.

Plaît-il. Me parlez-vous ?

LA MARQUISE.

Mais.... je crois qu'oui. D'où vient ce long
filence ?

ABAILARD.

Madame.... je rêvois.

LA MARQUISE.
　　　　　　　Le compliment eſt doux:
Et j'étois le ſujet de votre rêverie ?
ABAILARD.
Pardonnez-moi.
LA MARQUISE.
　　　　Comment ! Et qui donc , s'il vous plaît ?
ABAILARD.
C'eſt un point de philoſophie.
LA MARQUISE.
Ne pouviez-vous choiſir un plus aimable objet ?
　　　Pour la belle galanterie ,
　　　Je le vois bien , Abailard n'eſt pas fait.
　　　Mais vous ſçavez les ſecrets de mon ame.
　　　Puis-je me promettre. …

ABAILARD.
　　　　　　　　Madame ,
Qu'exigez-vous de moi dans l'état où je ſuis ?
　　　Gardez vos bienfaits pour un autre.
　　　Mon cœur , d'un cœur comme le vôtre
　　　N'eſt pas un aſſez digne prix.
　　　D'ailleurs , la choſe eſt impoſſible.
LA MARQUISE.
Je ſuis donc à vos yeux un objet bien horrible ?
ABAILARD.
Je rends plus de juſtice à vos charmans appas.
Je voudrois vous aimer , & je ne le puis pas.
LA MARQUISE.
Qui peut vous empêcher. …
ABAILARD.
　　　　　　Un obſtacle invincible.
　　　Par d'autres nœuds je ſuis lié ,
Et le devoir. …

LA MARQUISE.

LA MARQUISE.
Seriez-vous marié ?

ABAILARD *à part.*

Songeons à nous tirer d'affaire.
haut.
Oui. Je le suis.
LA MARQUISE.
C'est fort bien fait à vous.
J'étouffe de dépit , de honte & de colère.
D'une très-digne épouse, adieu le digne époux.

SCENE VI.

ABAILARD *seul.*

AH ! le ciel me délivre enfin de la Marquise.
Son amour importun me pesoit en effet.
Libre dans ma tendresse , allons voir Eloise.
Elle m'apprendra le sujet. . . .
Mais en ces lieux un sort heureux la guide.

SCENE VII.

ABAILARD, ELOISE.

ABAILARD.

MADAME, ah ! votre aspect ranime mon espoir,
Souffrez. . . .
ELOISE.
Laissez-moi.

ABAILARD.
Quoi !
ELOISE.
Je ne veux plus vous voir.
ABAILARD.
Qu'entens-je ! ô ciel !
ELOISE.
Vous êtes un perfide.
ABAILARD.
Ce discours me surprend. Qu'ai-je fait? Qu'ai-je dit!
ELOISE.
Vous le sçavez trop bien.
ABAILARD.
Non, Madame.
ELOISE.
Il suffit.
ABAILARD.
De grâce!..
ELOISE.
Non.
ABAILARD.
Du moins apprenez-moi mon crime.
ELOISE.
Allez.
ABAILARD.
Quelle raison ....
ELOISE.
Elle est trop legitime.
ABAILARD.
Je l'ignore pourtant.
ELOISE.
O ciel! que je vous hais!
ABAILARD.
Et moi, je vous adore encor plus que jamais.
Madame..... Quel chagrin, quel trouble vous dé-
vore. ....

Que vois-je ! vous pleurez ! se peut-il qu'à ce point.
Non. Non. Rien ne rompra le beau nœud qui
     nous joint.
          Mon Eloïse m'aime encore.

E L O I S E.

Non. Je ne vous pardonne point.
Et loin de vous aimer, ingrat, je vous abhorre.
          A B A I L A R D.
Ah ! votre cœur dément ce que la bouche dit.
          E L O I S E.
Ne croyez point mon cœur, croyez-en mon dépit.
C'en est fait, & pour vous il n'est plus d'Eloïse.
          A B A I L A R D.
Vous m'étonnez, & ce prompt changement....

⚜⚜⚜⚜⚜⚜⚜⚜ † ⚜⚜⚜⚜⚜⚜⚜

S C E N E   V I I I.

A B A I L A R D , E L O I S E , N E R I N E.

N E R I N E.

Grande nouvelle ! agréable surprise !
          Fulbert arrive en ce moment.
Le cœur ne vous dit rien ?
          E L O I S E.
                    Que veux-tu qu'il me dise ?
          N E R I N E.
Je m'entens. Valets, chaise, & tout ce qui s'enfuit,
Marche à grands pas, & l'escorte avec bruit.
     Certain Monsieur, homme de conséquence,
Jeune, riche, & qu'on dit d'une illustre naissance ;
Mais fat, ajoûte-t-on, au suprême degré,
                              E ij

Plein d'une fotte & frivole arrogance,
Avec Fulbert dans la fale eft entré.
Par-ci, par-là fur fon compte l'on caufe,
Et je crois entrevoir la chofe.

ELOISE.

Et que crois-tu ?

NERINE.

Tenez, ou je n'ai point d'efprit
Ou je vois ce dont il s'agit.
Ce Monfieur, ne vous en déplaife,
Vient exprès pour vous époufer.

ELOISE à part.

O ciel !

ABAILARD.

Qu'ofez-vous propofer !

NERINE.

Vous devez en être bien aife.

ABAILARD.

Comment ?

NERINE.

Monfieur, point de courroux.
Vous êtes l'ami de Madame.
N'eft-il pas vrai que le bien le plus doux
Que peut goûter une belle ame,
Eft de voir fon ami nager dans les plaifirs ?
Si de ce grand Seigneur Éloife eft la femme,
Elle aura tout au gré de fes defirs,
Bijoux de prix, demeure magnifique,
Riches habits, & nombreux domeftique.
Cela ne doit-il pas vous réjouir le cœur ?

ABAILARD.

Sortez.

NERINE à part.

Quelle mouche le pique.
Le Docteur aujourdhui n'eft pas de belle humeur.
J'entrevois, à peu près, ce que cela veut dire.

SCENE IX.

ABAILARD, ELOISE.

ABAILARD *à part.*

QU'AI-JE entendu! ce contretems me perd.

haut.

Que dites-vous du deſſein de Fulbert?

ELOISE.

Moi, Monſieur, rien.

ABAILARD.

Je vous admire.

On veut vous marier, & vous ne dites rien?

ELOISE.

Je dois à mes parens entiére obéiſſance.

ABAILARD.

Vous épouſerez donc cet homme d'importance?

ELOISE.

Sans doute.

ABAILARD *piqué.*

Vous ferez très-bien.

ELOISE.

Monſieur, j'en ſuis perſuadée,
Et je profiterai de vos ſages avis.

ABAILARD.

Votre parti, Madame, étoit déja tout pris,
Vous pouvez ſuivre votre idée.

ELOISE.

C'eſt le comble de vos ſouhaits.
Et je romprois tous vos projets,
Si pour cet autre himen j'étois moins décidée.

ABAILARD.

Eh bien, ſoit. Ne nous gênons pas.

Mon cœur doit aujourd'hui se regler sur le vôtre.
Ah ! je chérissois trop un nœud si plein d'appas !
J'aurois vêcu pour vous, je vivrai pour une autre,
Et pour vous imiter, je ferai cet effort.
Il m'en coûtera cher , je le sçais, & ma mort . . .
Mais n'importe, Madame, il faut vous satisfaire.

ELOISE.

Lui ! sa mort ! arrêtez. Respectez ma misere.
Je veux que vous viviez.

ABAILARD.

Ces soins sont superflus.
C'est vouloir mon trépas que de ne m'aimer plus.

ELOISE.

Abailard, vous suis-je encor chere ?

ABAILARD.

Si vous l'êtes ! peut-on cesser de vous aimer !
J'en atteste vos yeux , mes craintes inquietes ,
Et ces jaloux transports qui viennent m'allarmer.

ELOISE.

Pourquoi donc m'accabler, ingrat , comme vous
    faites ?
    Contre les coups d'un destin ennemi
Que ne rassûrez-vous ma constance étonnée !
Vous êtes mon bonheur, ma gloire , mon appui ;
    Verrez-vous une infortunée ,
Aux pleurs, au desespoir , à la mort condamnée ,
Sans adoucir les maux que j'éprouve aujourd'hui ?
Je n'examine point si vous m'avez trahie.
    Mais si vous m'aimâtes jamais,
Rompez l'himen affreux dont je vois les aprêts ,
Et vous disposerez ensuite de ma vie.

ABAILARD.

Je vais vous obéir au gré de vos desirs

Mais pouvez-vous penser qu'à vous seule soumise,
Mon ame porte ailleurs ses feux & ses soupirs :
J'adore, & je ne veux adorer qu'Eloïse.

ELOISE.

Pourquoi donc me cacher l'amour de la Marquise?

ABAILARD.

Ah ! cessez de me condamner.
Je devois, Eloïse, en l'état où vous êtes,
Vous épargner ces soins, ces peines inquiètes,
Où votre cœur pouvoit s'abandonner.
Je ne connois que trop votre délicatesse.
Par un recit cruel j'ai craint d'empoisonner
Ces plaisirs purs, ces doux momens d'yvresse,
Que l'amour, par vos mains, s'empresse à me
donner.
Quelle crainte plus légitime !
C'est l'amour qui fait tout mon crime.
En sa faveur daignez me pardonner.

ELOISE.

Cruel, mais cher amant, que de mon cœur sen-
sible
Vous connoissez bien les chemins !
Vous m'opposez toujours une force invincible ;
Et vos triomphes sont certains.
Soyez donc de ce cœur le souverain arbitre.
Reglez tous ses desirs, je vous le livre. Hélas !
Il est à vous à plus d'un titre.
Disposez-en, mais n'en abusez pas.

ABAILARD.

Reposez-vous sur ce cœur qui vous aime.
Ne perdons point de tems en ce péril extrême.
Tout délai peut-être fatal.
Allons sçavoir si cet heureux Rival,

A qui déja votre oncle a donné son suffrage,
Sur mon amour doit avoir l'avantage;
Et si Fulber prétendra me ravir
Le seul bien....

ELOISE.

Croyez-vous qu'à son ordre barbare.
Jamais je puisse consentir ?
Non. Avant que de vous le cruel me sépare,
Cher Abailard, vous me verrez mourir.

Fin du second Acte.

ACT

ACTE III.

SCENE PREMIERE.

LE COMTE, FULBERT.

FULBERT.

Monsieur, vous avez vû ma Niéce.
Qu'en pensez-vous ?

LE COMTE.

Je la trouve assez bien.
Elle a de la beauté, mais sans délicatesse ;
Des agrémens, mais sans finesse,
Et franchement ses yeux ne disent presque rien.
Elle plaira pourtant, quand elle sçaura plaire,
L'air de la cour la polira.

FULBERT.

Lui trouvez-vous quelque esprit ?

LE COMTE.

Elle en a.
J'entens de cet esprit dont on ne sçait que faire,
De cet esprit de pure opinion.
Mais à propos, quel est ce visage équivoque,
Cet homme que je vois hanter votre maison ?

FULBERT.

C'est un Sçavant fameux.

LE COMTE.

Sa figure me choque.*

* Notez qu'Abailard était aussi beau et bienfait, qu'il était savant. Voiez Bayle, art. Ab...

FULBERT.

Tout Paris en fait cas, & c'est avec raison.

LE COMTE.

Vous croyez donc qu'un sçavant est un homme...

FULBERT.

Très - estimable.

LE COMTE.

Passe.

FULBERT.

Et très-estimé.

LE COMTE.

Non.

Il n'a d'imposant que le nom.
Au fond c'est un mortel qui d'abord nous assomme.
Qui dans un cercle & fatigue & déplaît.
Qu'on critique souvent, & même avec justice.
Que quelquefois on loüera par caprice,
Par orgueil, ou par intérêt.
Qui frondant tout, s'aime seul, & se prise.
Qui dans le coin poudreux d'un triste cabinet,
Altérant sa santé, lit, compose, s'épuise,
Pour donner au public, après bien du tracas,
Un livre que peut-être il n'approuvera pas.

FULBERT.

Ce n'est point là le caractere
Du sçavant dont je parle. Il est tout au contraire
Poli, doux, sans être affecté ;
Rien qui sente chez lui le pesant, l'entêté,
Un bel-esprit enfin.

LE COMTE.

La gloire en est petite.
Il n'est Rimeur ultramontain,
Il n'est Pédant, mince écrivain,
Qui n'usurpe ce nom. L'homme d'un vrai mérite
N'en prend aucun, mais il attend

Que le public lui-même le lui donne.
    Quelle figure maintenant
Croit-on que fait un bel esprit ?

FULBERT.

             Très - bonne.

LE COMTE.

C'est une erreur. Que de soins , de travaux
Et pour percer la foule , & se faire connoître !
Il faut à tout moment combattre des rivaux ,
    Franchir mille obstacles nouveaux
    Que sous nos pas sans cesse l'on fait naître ;
Négliger sa fortune , immoler son repos ,
    Avoir des complaisans à gage
    Pour applaudir jusques à nos défauts.
    S'armer de force & de courage
Contre les ignorans , les sots , les envieux ,
    Pour assûrer le succès d'un ouvrage.
Toujours trembler pour lui , toujours luter con-
    tr'eux.
Jouer toute sa vie un si sot personnage.
    Finir enfin par être gueux ,
    Et ne laisser pour héritage
    A des enfans tristes & malheureux
Qu'un peu de gloire , un livre , & son nom en
    partage.

FULBERT.

    Voilà l'ordinaire destin
Des esprits du commun , j'en conviens. Mais enfin
Celui dont il s'agit n'est point tel.

LE COMTE.

           On le nomme ?

FULBERT.

Abailard.

LE COMTE.

    Ah j'entens ! Il est assez gentil.

FULBERT.
Vous appellez ainfi le plus excellent homme !
LE COMTE.
On m'en parloit un jour, il n'a que du babil.
Et dans cette maifon, s'il vous plaît, que fait-il ?
FULBERT.
Il inftruit Eloife, & verfe dans fon ame
Ces fublimes clartés ..... Vous riez ?
LE COMTE.
Une femme,
Dont tout le mérite & l'emploi
Doit être la toilette, ou la coquetterie,
Apprend la rhétorique & la philofophie !
La chofe eft plaifante, & je croi
Qu'elle mérite qu'on en rie.

FULBERT.
Quoi, Monfieur, vous voulez....

LE COMTE.
Oui. Le bien commun veut,
Et la raifon auffi, qu'une femme accomplie
Ignore tout, fi la chofe fe peut.
Trop d'efprit la rend fotte, indocile, impolie;
Nous y perdons, elle n'y gagne rien.
Eftropier les mots, dire des bagatelles,
Répondre de travers à ce que l'on fçait bien;
Mais poffeder à fonds le ftile des ruelles;
Employer avec art les mines, le coup d'œil,
Sçavoir quitter, reprendre fon fauteüil,
Se placer dans fon jour, inventer une mode,
N'importe qu'elle foit ridicule, incommode,
C'eft du neuf il fuffit, & le neuf prend toujours!
Voilà les vrais talens des femmes de nos jours.
Mais j'apperçois Madame la Marquife,
Votre Niéce la fuit.

SCENE II.

LE COMTE, FULBERT, LA MARQUISE, ELOISE.

FULBERT.

Approchez, Eloïſe.
Je vous aimai toujours, vous ne l'ignorez pas.
Votre pere étoit mort avant que la lumiere
    Ouvrît vos yeux, & conduisît vos pas,
Et vous avez appris qu'à votre tendre mere
    Votre naiſſance a donné le trépas.
Mes ſoins, depuis ce tems, vous tiennent lieu de
    pere.
J'ai mis à vous former mes plaiſirs les plus doux.
Je veux par un illuſtre & tendre mariage
    Couronner mon heureux ouvrage.

LE COMTE.

Oui, Madame, & c'eſt moi qui ſerai votre époux.
On le veut, & j'attens de votre complaiſance
Que par une ſincere & prompte obéïſſance
Vous répondrez aux ſoins qu'on veut prendre
    pour vous,....
    Vous vous taiſez ! ma ſurpriſe eſt extrême !
Peut-être j'avois trop préſumé de moi-même,
Et vous m'ouvrez les yeux ſur le peu que je vaux.

FULBERT.

Elle ſent tout l'honneur que vous voulez lui faire,
Et bientôt vous verrez que ſon cœur....

LE COMTE.

               Je l'eſpere.

Mais enfin on doit dire aux gens deux ou trois mots.
FULBERT.
Apparemment la modestie....
LE COMTE.
Souvent cette vertu dans le sexe applaudie,
N'est que l'art de dissimuler,
Ou bien un voile au manque de génie.
De quelque nom pourtant qu'on veuille l'appeller,
Elle ne défend pas aux Dames de parler.
C'est mon avis. Demandez à Madame.
LA MARQUISE.
Oui. Monsieur a raison. Je soûtiens qu'une femme
Doit toujours, bien ou mal, parler & caqueter.
Le jeu, la parure, les modes
Offrent à nos discours des ressources commodes.
Manquent-elles enfin : on n'a qu'à se jetter
Tout-à-coup dans la médisance,
Et dire du prochain tout le mal qu'on en pense.
Le fonds est riche, sûr, fecond en beaux portraits,
Amusant, & sur-tout ne tarissant jamais.
LE COMTE.
Oh! c'est là que je brille, & qu'avec éloquence
Je fais la guerre à tout le genre humain.
ELOISE.
L'heureux talent !
LE COMTE.
Ah ! vous parlez enfin !
ELOISE.
Vous y gagnez, Monsieur, que l'on sçache se taire.
Et la discretion ne doit pas vous déplaire.
LE COMTE.
Courage, appuyez comme il faut.
Aiguisez tous vos traits, je ne saurai m'en plaindre.
J'en ferai même gloire, & le dirai tout haut.
Votre sexe est bien moins à craindre,

~Quand il tonne fur nous, que quand il ne dit mot.
ELOISE.
Il faut donc garder le filence.
Vous venez de me defarmer.
LE COMTE.
Ah ! vous prétendez m'allarmer.
On n'y réuffit pas aifément, comme on penfe.
Je fuis inaceffible à la mauvaife humeur.
Car qu'une femme gronde, ou bien qu'elle fe taife,
Ce qui vient de fa part n'a rien qui ne me plaife.
J'explique tout en ma faveur.
ELOISE.
La précaution eft prudente.
On s'épargne par là bien du défagrément.
LE COMTE.
Vous vous trompez. D'un trait piquant
L'homme d'un bon efprit jamais ne s'épouvante.
Et c'eft à la charge d'autant:
Vous n'avez vos défauts, & nous n'avons les nôtres,
Que pour nous en moquer & les uns & les autres.
LA MARQUISE.
Au fonds rien n'eft plus amufant,
Et ces jeux à l'efprit donnent libre carriere.
ELOISE.
Eh, Madame ! il vaudroit bien mieux
Tirer fur ces défauts un voile officieux,
Y compatir, les plaindre & s'en défaire.
LE COMTE.
N'ajoutons point un poids à l'humaine mifere.
Le monde ne feroit alors qu'un trifte amas
De gens toujours gênés, & toujours dans la
　　plainte,
Timides dans leurs vœux, mefurés dans leurs pas,
Ennemis des plaifirs, efclaves de la crainte.*
Il vaudroit mieux mille fois n'être pas,

* Voïez les mœurs des premiers Chrétiens, de
Fleuri, et l'histoire du balai neuf, qui en est
une parodie très maligne, mais très sensée, en ce

Que d'être ainfi toujours dans la contrainte.

LA MARQUISE.

Je fuis de cet avis.

ELOISE.

Il flatte notre cœur.
Et le cœur eft pour nous la fource du malheur.
S'il eft reglé, je confens qu'on le fuive.

LE COMTE.

Mais, Madame, il faut que je vive.
A fuivre le torrent quel grand mal commet-on ?
Souffrez que de mes goûts je vous trace un crayon.
Vous jugerez par ma vie uniforme,
Si chez moi j'ai befoin d'admettre la reforme.
Je fuis homme d'honneur, j'ai de l'ambition.
J'aime affez le plaifir, le jeu, la compagnie.
Je me trouve partout, au bal, à l'opera,
Quelquefois à la comédie,   *Ou au Sermon.*
Où cependant je bâille & je m'ennuïe,
Mais c'eft l'ufage, & l'on y va.
Je me pique d'avoir un équipage lefte,
D'être exceffif dans ma dépenfe. Au refte,
Courtifan affidu ; quelquefois bon ami,
Quand l'intérêt peut le permettre,
Vif fur le point d'honneur, libertin à demi,
Ne fçachant point flatter, mais endurant de l'être.
Peu prevenu du mérite d'autrui,
C'eft le bon aïr ; pour moi plein d'un amour ex-
trême,
C'eft la raifon, car il faut que l'on s'aime.
Je pourrois ajouter auffi.....
Mais ce portrait en racourci
Me fuffit. Décidez, & jugez moi vous-même.

ELOISE.

Vous êtes un homme accompli.

que ces prétendues mœurs des premiers chrétiens
(on badinois) feront chimeriques, ce bons à
citer à des fots. Fleuri n'en croiroit rien.

LE.

LE COMTE.
Avec tout ce mérite enfin je me marie.
C'eſt un effort de vertu ſingulier,
C'eſt un prodige dans la vie,
Fait comme je le ſuis, que de me marier.

LA MARQUISE *à part.*
Il eſt charmant avec cette ſaillie.
Je crois que de l'aimer je ferois la folie.

LE COMTE *à Eloïſe.*
Oui. Voilà le ſujet qui m'amene en ces lieux.
Vous m'avez plu, malgré vous-même.
Si vous m'aimez autant que je vous aime,
Je vous offre ma main, & mon cœur & mes vœux.

LA MARQUISE *à part.*
Fi ! cela gâte tout.

LE COMTE.
Adieu.

⚜⚜⚜⚜⚜⚜⚜⚜⚜⚜⚜ † ⚜⚜⚜⚜⚜⚜⚜⚜⚜⚜⚜

SCENE III.

FULBERT, LA MARQUISE, ELOISE.

ELOISE.

QUELLE arrogance !

FULBERT.
Son naturel, ma niéce, peut changer.
D'ailleurs, il faut le ménager.
Ses emplois & ſur-tout ſon illuſtre naiſſance,
Méritent des égards qu'il a droit d'exiger.
Il n'eſt plus tems que l'on balance.
Préparez-vous, mais ſérieuſement,

G

De donner à ces nœuds votre confentement,
Et ne me forcez pas d'ufer de ma puiffance.

SCENE IV.

LA MARQUISE, ELOISE.

ELOISE.

Et voilà donc l'époux qui recevra ma main.

LA MARQUISE.

Oui. Le voilà.

ELOISE.

Que je fuis malheureufe !

LA MARQUISE.

Vous m'étonnez. Le Comte eft un homme divin.
D'un amant tel que lui la conquête eft flatteufe.

ELOISE.

C'eft un vrai fat.

LA MARQUISE.

Mais ce fat eft bien fait

ELOISE.

Oui. Le Comte feroit une femme agréable,
Mais c'eft un homme, à mon avis bien laid.
C'eft par les fentimens que fon fexe nous plaît,
Le nôtre plaît au fien, parce qu'il eft aimable.

LA MARQUISE.

Si vous le refufez, quelque autre le prendra.

ELOISE.

Je le céde à qui le voudra.

LA MARQUISE.

Non. Non. C'eft votre bien, ma niéce.

ELOISE.

Ah ! j'y renonce, & vous le laiffe.

LA MARQUISE.
On a dequoi l'engager au besoin,
Si l'on vouloit prendre ce soin.

ELOISE.
Oüi. Si pour Abailard vous n'étiez prévenue,

LA MARQUISE.
Pour Abailard ! cessez de croire que mon cœur
Ait jamais ressenti pour lui la moindre ardeur.
Je ne veux plus qu'il paroisse à ma vûe.

ELOISE.
Vous l'avez tant aimé.

LA MARQUISE.
Lui ! quelle fausseté !
Il est vrai que partout il s'en étoit vanté.
Mais il n'en étoit rien. Je serois insensée
D'en avoir eu seulement la pensée.

ELOISE.
Tantôt vous en parliez sur un autre ton.
Et . . . .

LA MARQUISE.
Tantôt j'avois tort, maintenant j'ai raison.
Croyez ce dernier mot. Je suis vraie & sincere.
Abailard a très-fort l'honneur de me déplaire.
Il n'est, au pis aller, digne que de pitié.

ELOISE.
Comment donc !

LA MARQUISE.
Il est marié.

ELOISE *à part.*
Ciel !

LA MARQUISE.
Observez-le bien. Il a toute l'allure
D'un mari très-honteux & très-humilié.
Qu'en dites-vous ?

ELOISE.

Mais.... Oui.

LA MARQUISE.

Je conjecture
Qu'il n'est pas fort content de sa chere moitié.
Tout me le dit, & même je suis sûre
Que l'Epouse, à son tour, ne l'est pas trop de lui.
Je ne vois des deux parts que dégoût & qu'ennui.
Cela divertit fort, convenez-en, ma niéce.

ELOISE *se contraignant.*

Sans doute.

LA MARQUISE.

Mais c'est sa faute.
Pourquoi se pressoit-il ? Il peut, tout à loisir,
En enrager, s'il veut. Moi je vais l'en punir,
Offrir ma main au Comte, & rire de sa peine.

SCENE V.

ELOISE *seule.*

CIEL ! Abailard est marié !
Quoi ! jusques-là l'ingrat s'est oublié !
Malheureuse !... rompons une funeste chaîne...
Hélas ! dans l'état où je suis,
Sans doute je le dois.... Sçais-je si je le puis !
D'une coupable ardeur j'étois donc la victime !
Quand sa bouche attestoit & la terre & les cieux,
C'étoit donc pour couvrir de ce voile pieux
Un feu que je crus légitime !
Pour creuser sous mes pas un précipice affreux,
Et rendre mon amour complice de son crime !
J'en mourrai de douleur.

SCENE VI.

ELOISE, NERINE.

ELOISE *continue*.

AH Nerine ! sçais-tu
Ce que je viens d'apprendre en mon malheur ex-
trême ?
Cet homme, qui passoit pour la sagesse même,
Qu'on croyoit plein de foi, d'honneur & de vertu,
Abailard enfin m'a trahie.

NERINE.

Et comment ?

ELOISE.

Je l'aimois, & l'ingrat, chaque jour,
Me juroit un ardeur égale à mon amour.
Je le crus, & j'ai fait le malheur de ma vie.
Mon cœur d'un nœud secret à son cœur s'est lié,
Et j'apprends aujourd'hui qu'il étoit marié.

NERINE.

Vous me faites trembler, Madame !

ELOISE.

Nerine, je veux bien m'en fier à ta foi.
Mon funeste secret n'est connu que de toi.
A ta sincerité j'ai découvert mon ame.
Mes malheurs sont affreux. Prens pitié de mon sort.
Tu vois le piége où je suis engagée,
Tu vois l'abime où l'amour ma plongée,
Il faut m'en retirer, ou me donner la mort.

NERINE.

Vous n'avez qu'à parler, vous serez obéie.

ELOISE.

Allons. Je veux avec éclat
Me séparer de cet ingrat.
Je veux lui reprocher sa noire perfidie.
Il verra mes douleurs , mes larmes , mon ennui ,
Et les remords d'un cœur qui ne vit plus pour lui.

NERINE.

Non. Il faut le punir en épousant le Comte.
Par là vous vous vengez d'un lâche qui vous perd ,
  Vous prévenez le courroux de Fulbert,
  Et vous reparez votre honte.
Mais hâtez-vous. Il faut une vengeance prompte.

ELOISE.

Je sçais qu'à mon devoir je dois tout implorer.
Que la raison le veut , que l'honneur me l'inspire:
Mais au fonds de mon cœur si tes yeux pouvoient
  lire ,
  Mon état te feroit trembler.
Un amour malheureux sans cesse me consume.
Le devoir le combat , la passion l'allume.
La honte , le dépit m'assiégent tour à tour.
Je séche dans l'ennui , je vis dans l'amertume ,
Et je sens tous les maux que fait sentir l'amour.

NERINE.

  Madame armez-vous de courage ;
Et si ce n'est par choix , mariez-vous de rage.
  Le goût viendra peut-être quelque jour.

ELOISE.

Eh bien n'écoutons plus un aveugle caprice.
Je romps l'indigne nœud dont mon cœur est lié ,
Et vais. . . . Est-il bien vrai qu'Abailard me tra-
  hisse ?
  Ah ! s'il n'étoit point marié ! . . .
Mais la Marquise enfin m'a confirmé sa honte.
Sans doute ce rapport lui vient de bonne part.

Je fais qu'elle aimoit **Abailard**,
Elle veut cependant offrir fa main au Comte.

NERINE.

Preuve complette. A quoi bon balancer ?
Son hymen & fa perfidie,
Fulbert que vos refus commencent de laffer,
Votre repos enfin, tout vous convie
A l'oublier.

ELOISE.

Allons. Il n'y faut plus penfer.
A tes confeils je m'abandonne.
Difpofe de ma foi, difpofe de mon cœur.
(J'obéis. Il n'eft rien deformais qui m'étonne,
(Et je fuis parvenue au comble du malheur.

elles fortent.

SCENE VII.

FULBERT, ABAILARD.

FULBERT.

Monsieur, je donne enfin un époux à ma
Niéce.
Le haut rang, les biens, la nobleffe,
Se trouvent en celui que j'ai fçu lui choifir.
Je ne fçais cependant par quelle répugnance,
Ma niéce à cet hymen ne veut point confentir.
Il eft plus d'un moyen de me faire obéir.
Mais avant que d'ufer d'aucune violence,
Je veux employer la douceur.
Je fçais que vous avez, Monfieur,

Sur son esprit une entiére puissance.
Voyez la , parlez-lui. Vous toucherez son cœur.
ABAILARD.
Qui ! moi, Monsieur ?
FULBERT.
Oui. Vous.
ABAILARD.
Peut-être votre niéce
Ne sent pour cet époux , estime ni tendresse.
FULBERT.
N'importe.
ABAILARD.
Voulez-vous forcer son naturel ?
Et l'engager dans un état cruel
Qui feroit son malheur peut-être & son supplice ?
FULBERT.
J'ai donné ma parole.
ABAILARD.
Au prix de son repos,
Devez-vous la tenir ? Dans quel gouffre de maux
Va la plonger votre injustice ?
FULBERT.
N'y pensons plus. Il faut qu'elle obéisse ,
Et dès ce soir.
ABAILARD.
Non , Monsieur , croyez-moi.
Daignez me dispenser d'un si fâcheux emploi.
Je m'en acquiterois font mal , je vous assûre.
FULBERT.
De grâce ! je vous en conjure.
Agissez avec moi , veuillez me seconder.
Et ! qui sçait mieux que vous l'art de persuader?
ABAILARD.
Mais si par hasard Eloïse
D'un autre objet étoit éprise ,
Voudriez-

Voudriez-vous alors , Monfieur....
FULBERT.
Et qui vous a dit que fon cœur....?
ABAILARD.
Je n'en fçais rien , mais la chofe peut être.
FULBERT.
Vous auroit-elle fait connoître....
ABAILARD.
Non. Suppofons pourtant....
FULBERT.
La fuppofition
Me plaît affez. Sur quoi fondez-vous....
ABAILARD.
Pure idée.
Mais fi de quelque amour elle étoit poffedee ?
FULBERT.
-Il faudroit , s'il lui plaît , qu'elle changeât de ton.
ABAILARD.
On n'aime point au gré des autres.
Eloïfe a des droits indépendans des vôtres.
FULBERT.
Ah ! nous verrons.
ABAILARD.
Si malgré mes avis ,
Elle refufe de fe rendre ,
Que ferez-vous ?
FULBERT.
Ah ! j'en frémis !
Dans mon jufte courroux je puis tout entre-
prendre.

H

SCENE VIII.

ABAILARD *seul.*

QUAI-JE entendu ! quel funeste embarras !
On veut que je travaille à me trahir moi-même,
Que renonçant à ce que j'aime,
Je signe de ma main l'arrêt de mon trépas.
Ce dernier trait manquoit à ma misere.
Eprouva-t'on jamais un destin plus contraire !
Quel triste enchaînement, ô ciel !
De disgraces qui se succedent !
Les plus fermes courages cédent
Aux horreurs d'un sort si cruel.
J'ai tout perdu dès ma plus tendre enfance,
Fortune, parens, espérance.
Un seul bien me restoit plus cher à mon amour,
Plus digne de mes vœux, & plus digne d'envie.
Un barbare destin me l'arrache en ce jour.
Chere Eloïse, hélas ! quand vous m'êtes ravie,
Mon bonheur, mon repos, le charme de ma vie,
Tout m'est ôté ! sans vous, cet univers n'est rien,
Et du jour à regret la lumiere m'éclaire.
Essayons toutes fois si par quelque moyen
Je pourrois de Fulbert adoucir la colere,
Et d'un rival qu'on me préfére
Tromper l'espoir & couronner le mien.

Fin du troisiéme Acte.

ACTE IV.

SCENE PREMIERE.

FULBERT *seul.*

ABAILARD tarde bien à venir me parler !
   J'augure mal de sa paresse.
   Sans doute il aura vu ma niéce,
Et ses raisons n'auront pu l'ébranler.
   Pour agir j'attens sa réponse....
Mais quel est ce soupçon qui me vient accabler,
Ce soupçon que mon cœur en ce moment m'an-
   nonce,
   Et qu'il sçait si mal déméler.
   Ciel qui m'entens ! dissipe cette crainte.
J'ai cru lire tantôt dans les yeux d'Abailard
Que d'un ennui secret son ame étoit atteinte.
Des soupirs lui sont même échappés au hasard.
Et quand je le priois de convaincre Eloïse,
Et de la ramener, à force de leçons,
   A cet hymen qu'elle méprise,
N'a-t'il pas avec feu combattu mes raisons ?
Non. La simple amitié, modeste dans son stile,
Parle, agit, éxécute, & paroît plus tranquille.
   Il faut éclaircir ces soupçons.
Consultons la marquise, interrogeons Nerine.
            H ij

Malheur à lui, si ses coupables feux,
D'une niéce que j'aime avançant la ruine,
L'avoient conduite au piége où l'attendoient ses
    vœux !

SCENE II.

FULBERT, ELOISE, NERINE.

NERINE *à Eloïse dans le fonds du théatre.*

Voila Fulbert. Remettez-vous, Madame,
Et prenez une fois un parti de vigueur.
Songez qu'à vous venger il y va de l'honneur,
Que l'on vous a trahie, & que vous êtes femme.

ELOISE.

Ah, Nerine ! je sens tout mon sang se troubler.
   Juste ciel! soûtiens ma foiblesse.

NERINE.

Eloïse, Monsieur, demande à vous parler.

FULBERT.

Que me veut-elle ?

NERINE.

Adieu, Madame. Je vous laisse.
Vous ne pouvez plus reculer. *elle sort.*

SCENE III.

FULBERT, ELOISE.

FULBERT.

ELoïse, approchez. Qu'avez-vous à me dire ?

ELOISE.

Monfieur....

FULBERT.

C'eft me laiffer trop long-tems incertain.
De vos vrais fentimens il faut enfin m'inftruire.

ELOISE.

Eh bien.

FULBERT.

Quoi ?

ELOISE.

Vous pouvez difpofer de ma main.

FULBERT.

Que ce retour me comble d'allegreffe !
Et que vous m'épargnez de cruelles douleurs !
Vous m'en voyez verfer des pleurs,
Mais ce font des pleurs de tendreffe.

SCENE IV.

FULBERT, ELOISE, ABAILARD.

FULBERT *voyant Abailard , court à lui &*
l'embraffe.

ABailard, quel homme êtes-vous !
On ne tient point contre votre éloquence.

Si cet hymen me flatte, il m'est encor plus doux
De tenir ce bienfait de votre complaisance.

ABAILARD.

Comment ?

FULBERT.

Je sçavois bien, Monsieur, que votre voix
Auroit sur son esprit une force absolue.
A mes intentions ma Niéce s'est rendue,
Et c'est à vous que je le dois.
Elle épouse enfin . . . .

ABAILARD.

Qui ?

FULBERT.

La demande est plaisante !

Le Comte.

ABAILARD.

Lui !

FULBERT.

Lui-même. Oui. La chose est constante.

ABAILARD.

Vous vous mariez donc ?

ELOISE *avec dépit.*

Oui.

ABAILARD *à part à Eloïse.*

Mais que deviendra

Un amant . . . .

ELOISE *sur le même ton.*

Tout ce qu'il voudra.

ABAILARD *à part à Eloïse.*

Ah perfide ! est-ce ainsi . . . .

FULBERT *à Abailard.*

Dans le fonds de votre ame

N'en ressentez-vous pas un extrême plaisir ?

ABAILARD *se contraignant, & montrant*
quelque joye.

Ah ! (*à part.*) j'enrage.

FULBERT.
Après tout , pouvions-nous mieux choifir?
Eloïfe fera la plus heureufe femme.
Qu'en dites-vous?
ABAILARD.
Mais .... très-certainement.
FULBERT.
J'aime à vous voir entrer dans notre fentiment ,
Témoignez donc par votre joye ,
Qu'en effet votre cœur prend part
Aux biens que le ciel nous envoye.
ABAILARD *affectant un air fatisfait.*
J'y fuis fenfible , & pour parler fans fard....
à part.
C'en eft trop , & j'éprouve un horrible fupplice.
FULBERT.
Votre Apollon fera fans doute fon office
Pour chanter cet hymen prochain.
Et nous verrons fortir de votre main
Quelque ouvrage nouveau. Sera-ce vers, ou profe?
ABAILARD.
Pardonnez-moi. Jamais je ne compofe.
FULBERT.
Vous vous en défendez envain.
Venez , ma niéce.
ELOISE.
Allons. Je fuis prête à vous fuivre.
ABAILARD *à part à Eloïfe.*
Ingrate ! font-ce là vos fermens redoublés ?
A mon malheur je ne pourrai furvivre.
ELOISE *bas à Abailard.*
Perfide ! je ne fais que ce que vous voulez.
FULBERT.
Pourquoi tant de cérémonie ,
Et ces difcours à demi mot ?

ABAILARD *embarassé.*
Je lui difois.... de finir au plutôt.
Elle brûle qu'on la marie.

ELOISE *à part.*

Ah! fi je n'écoutois que mon reffentiment! ....
à Fulbert avec dépit.
Sortons, Monfieur. Ma main eft toute prête.

FULBERT.

Monfieur, jufqu'au revoir. On vous prie à la fête.

SCENE V.

ABAILARD, *feul.*

Je ne puis revenir de mon étonnement.
La fortune, toujours contre moi conjurée,
Par ce funefte évenement,
Vient de mettre le comble à mon accablement.
Aprés une amitié fi faintement jurée,
Cette amante tant adorée,
Cet objet que j'aimois cent fois plus que le jour,
M'abandonne, m'oublie, & trahit mon amour!
Voilà l'efprit, voilà le caractére
De ce fexe perfide, & pourtant enchanteur.
Eloïfe elle-même, Eloïfe préfére
Au plus tendre des cœurs l'éclat de la grandeur.
Eloïfe! faut-il qu'un charme feducteur
M'enchaîne encore à cette ame infidelle!
Que dis-je! mon amour s'accroît par mon malheur,
Et moins je fuis aimé, plus je brûle pour elle.

SCENE

SCENE VI.

LE COMTE, ABAILARD.

LE COMTE.

JE vous dois un remercîment.
Voulez-vous l'agréer ?

ABAILARD.

Je ne sçais pas comment ....

LE COMTE.

On m'a dit qu'Eloïse, à vos leçons docile,
Sur ses vrais intérêts avoit ouvert les yeux,
Que vous l'aviez rendue & traitable & docile.

ABAILARD.

Monsieur ....

LE COMTE.

Je dois beaucoup à vos soins généreux.

ABAILARD.

Monsieur point du tout. Eloïse
Ne m'a pas consulté dans cette occasion,
Ne m'en ayez nulle obligation.

LE COMTE.

Seriez-vous de ces gens dont l'orgueil se déguise ?
Qui cachent un bienfait par ostentation.

ABAILARD.

J'abandonne cette manie
A ceux qui de leurs biens, de leur rang, de leur
    nom
Se vantent en tout lieu par pure modestie.

LE COMTE.

Ce discours est mortifiant.
A qui prétendez-vous l'adresser ?

I

ABAILARD.

A perſonne.

LE COMTE.

Je n'approfondis rien, cependant je ſoupçonne…

ABAILARD.

Je ne vous croyois pas, Monſieur, ſi méfiant.
Jugez mieux du reſpect que votre rang m'inſpire.
C'eſt vous, puiſqu'il faut vous le dire,
Qui m'inſultez en me remerciant.

LE COMTE.

Mon eſtime au contraire eſt pour vous ſans pa-
reille.
Et vous pouvez compter ſur mon crédit.
Je ſuis bien à la Cour, du Prince j'ai l'oreille ;
Je parlerai pour vous.

ABAILARD.

Mon état me ſuffit.

LE COMTE.

Que dites-vous ? votre état ! il aſſomme.
Entre nous, il n'eſt point trop brillant en effet.

ABAILARD.

Je n'en connois aucun de vil pour l'honnêt'homme.
Il annoblit tout ce qu'il fait.

LE COMTE.

Mais dites-moi, Monſieur, je vous en prie,
A quoi tend tout votre ſçavoir ?
Que faites-vous de la philoſophie ?

ABAILARD.

Elle m'enſeigne mon devoir :
Elle m'apprend ſur-tout à n'offenſer perſonne,
A mettre la ſageſſe au rang des plus grands biens.

LE COMTE.

La ſageſſe ! & moi je ſoutiens
Qu'à fort peu de choſe elle eſt bonne.
La ſageſſe effarouche, & bannit le plaiſir ,

Elle interdit jufqu'au defir *;*
   L'homme eft fait pour le badinage.
Elle gêne l'efprit, & captive le cœur,
   Peut-on chez foi fouffrir cet efclavage ?
   Elle répand, par fa rigueur,
   Sur l'air, les geftes, le vifage,
   Je ne fçais quoi de rude, de fauvage,
   Une infupportable langueur *;*
On a tort, à ce prix, de vouloir être fage.

ABAILARD.

   La fageffe eft une vertu :
Et vous me dépeignez un vice revêtu
De fes dehors. C'eft la mifantropie.

LE COMTE.

L'une conduit à l'autre, & c'eft double folie.
   Croyez-moi, quittez ce féjour,
Et laiffez aux pédans votre philofophie.
   Je veux vous mener à la Cour.
C'eft-là que les talens brillent dans tout leur jour.
   C'eft dans cet abregé du monde
   Qu'on fe polit, & qu'on fe fait valoir.
C'eft-là qu'eft le bon goût, l'air fin, le vrai fçavoir.
Ailleurs, c'eft petiteffe, ignorance profonde,
   Rien d'exquis, rien de recherché.
J'y vois l'homme fans ceffe en lui-même caché.
La Cour le développe. Elle feule façonne
Le cœur, orne l'efprit, embellit les dehors,
   Prête certaine grâce au corps.
Les manieres, le ton, c'eft elle qui les donne.
Venez-y. Vos talens, & fur-tout mon crédit
Pourront vous mener loin.

ABAILARD.

         Je vous l'ai déja dit;
Je fuis content de mon fort.

LE COMTE.

Quelle vie ?!
Si vous aviez tâté du courtisan,
A son destin vous porteriez envie !

ABAILARD.

Vous en parlez comme son partisan.
Oui. Son état est noble, il est digne d'estime,
S'il en remplit bien le devoir ;
S'il sçait user de son pouvoir
Pour secourir la vertu qu'on opprime ;
Si le bien de l'état fait sa suprême loi ;
S'il s'attache au Prince, & s'il l'aime,
Moins pour sa dignité, qu'à cause de lui-même.
Mais n'être à la Cour que pour soi,
Que pour songer à sa fortune,
Pour grossir ses trésors de sa perte commune,
Pour trahir, pour donner & reprendre sa foi,
Pour offrir à son Prince une vie importune,
Et publier partout que l'on a vû le Roi ;
Pour braver qui nous sert, pour servir qui nous
brave,
C'est être en vérité moins courtisan qu'esclave.

LE COMTE.

La Cour est un pays qui vous est mal connu.
Que vous êtes simple, ingénu !
Ah ! vous n'êtes pas fait pour elle !
Je ne vous presse plus désormais d'y venir.
Ce seroit tems perdu. Vous devez vous tenir
Dans votre sphère naturelle,
Et philosopher à loisir.

* Quelle chicanne de vie !

SCENE VII.

ABAILARD *seul.*

C'EST donc là cet amant à qui, sans en rougir
 Eloïse me sacrifie !
O ciel, n'es-tu pas las encor de me frapper ?
Mais voici l'autre. Où fuir ! je ne puis échapper.
 Et je vois bien qu'il faudra que j'essuie
  Quelque scène de sa façon.

SCENE VIII.

LA MARQUISE, ABAILARD.

LA MARQUISE.

ARRESTEZ. Je prétends qu'on me fasse raison
 D'un trait de noirceur inouie.
De quel front osez-vous en toute occasion
Contredire mes goûts, & me rompre en visière ?
Je vous faisois l'honneur, & cela par pitié,
 De vous tirer de la misère,
Il faut, qu'à point nommé, vous soyez marié,
 Le Comte, à qui j'étois sûre de plaire,
Par l'hymen à mon sort alloit être lié.
Contre moi tout à coup vous soulevez ma niéce.
Du Comte, objet constant de son inimitié,
Vous courez lui vanter l'hymen & la tendresse.
Vous la persuadez, elle va l'épouser,
 Et vous me faites mépriser :
Bourreau ! voilà ton crime. Ai-je tort de me plain-
dre ?

ABAILARD.

Vous êtes dans l'erreur, Madame, je le voi.
    Il faut enfin cesser de feindre.
Cet hymen, que l'on dit se conclure par moi,
Est de tous les malheurs le seul que je puis craindre.
J'adore votre niéce.

LA MARQUISE.

                    Oh ! le trait est galant !
De grâce, reprimez cette ardeur qui vous presse.
Vous avez une femme, & vous aimez ma niéce !

ABAILARD.

Je ne suis point marié.

LA MARQUISE.

                    L'insolent !

ABAILARD.

Pardonnez à ma feinte, elle étoit nécessaire.
Je sens le prix du bien où j'étois reservé.
Et flatté de l'honneur que vous vouliez me faire,
    J'aurois voulu par un retour sincère....

LA MARQUISE à part.

    J'aurois voulu que tu fusses crévé.

haut.

Vous m'avez donc trompée ?

ABAILARD.

                    Et voilà mon vrai crime.
    Si cependant la plus parfaite estime....

LA MARQUISE.

Vous m'estimez ! c'est être complaisant.
En vérité, je joue un rolle fort plaisant.
Jamais femme ne fut de la sorte traitée.

ABAILARD.

    Eh Madame !

LA MARQUISE.

                    Je suis tentée.
D'aller trouver mon frere de ce pas,

Lui découvrir tout le myſtére,
Et le prier ....

ABAILARD.

Vous ne le ferez pas.
Votre bonté me répond du contraire.

LA MARQUISE.

Monſieur, ne vous y fiez point.
Je ſuis femme, & vindicative.

ABAILARD.

Je ſuis tranquille ſur ce point.

LA MARQUISE.

Je vous donne l'alternative.
Ou j'inſtruirai Fulbert, ou vous m'épouſerez.

ABAILARD.

Madame.... mais vous voulez rire.

LA MARQUISE.

Je ne ris point. Vous y refléchirez.

ABAILARD·

En ce cas vous pouvez voir Fulbert, & l'inſtruire.
C'eſt m'épargner la peine à moi de le lui dire.
Je ſçaurai prendre mon parti.

LA MARQUISE.

Et le mien eſt tout pris. Sois donc, bien averti
Qu'au Comte pour toujours Eloïſe engagée,
D'un époux que je perds va me dédommager.
Que j'y renonce exprès pour te faire enrager.
J'aime mieux mourir fille après m'être vengée,
Que d'être femme, & ne pas me venger.

SCENE IX.

ABAILARD *seul.*

JE ne devois rien moins attendre d'une fole.
Elle va me tenir parole.
Je ne sçais que resoudre en cette extrémité.
Que je suis bien puni par tout ce que je souffre,
Des légéres douceurs dont l'appas m'a tenté !
Allons voir si je puis enfin sortir du gouffre
Où l'amour ma précipité.

SCENE X.

ABAILARD, FRONTIN.

FRONTIN.

MONSIEUR....

ABAILARD.

Encore ! Ah ! je perds patience.
En ce jour il faudra, je croi,
A l'univers entier que je donne audience.
Eh bien, que voulez-vous de moi ?

FRONTIN.

Pardonnez ....

ABAILARD.

Oui. Je vous pardonne.
Venons au fait.

FRONTIN.

Toûjours pour votre cher Frontin
Vous

Vous avez eu l'ame si bonne,
Que j'ose me flatter. . . .
ABAILARD.
O! finissons enfin.
Ça de quoi s'agit-il ?
FRONTIN.
La Charmante, Nerine,
Que l'ardeur amoureuse apparemment lutine,
Vient d'obtenir de Fulbert son tuteur
Permission de prendre en tout honneur
Pour son époux & son souverain maître,
Votre soumis & fidéle valet,
Et qui fera toujours gloire de l'être.
ABAILARD.
Vous voulez épouser Nérine ?
FRONTIN.
Oui. S'il vous plaît !
Elle m'aime, je suis son fait.
Et moi je l'aime aussi, je pense.
Mais nous n'avons voulu rien faire en conscience,
Sans demander votre consentement.
ABAILARD.
Vous en agissez prudemment.
Mais, dites-moi, quelle idée est la vôtre !
Vous êtes pauvre, & Nérine n'a rien.
Sans secours, sans talens, sans bien,
Que deviendrez-vous l'un & l'autre ?
Vous donnerez la vie à des infortunés,
Qui, tristes héritiers du malheur de leur pere,
Un jour peut-être, au sein de la misere,
Détesteront l'instant qu'ils seront nés.
Laissez marier ceux qui sont dans l'opulence.
FRONTIN.
C'est justement faute d'autres douceurs,
Et parce qu'on n'est pas dans un état d'aisance,

K

— Qu'on cherche des plaisirs ailleurs.
On veut rendre sa vie un peu moins importune.
Les charmes de l'hymen, un tendre engagement,
Sont de la mauvaise fortune
Au moins un dédommagement.
Pour ces petites créatures
Qui pourront naître un jour, le terme est encor loin.
Je ne lis point dans les choses futures.
La providence en prendra soin.

ABAILARD.

Mon ami, croyez-moi. Restez ce que vous êtes.
Vous n'aurez pas sujet de vous en repentir.

FRONTIN.

Vous en parlez, Monsieur, tout à loisir.
Tout le monde ne peut vivre comme vous faites.
Chez vous on est exempt des folles passions.
Vous ne tenez en rien à la matiére :
Mais nous pauvres gens du vulgaire,
Ne sommes que foiblesse, & nous nous marions.

ABAILARD.

Soit. Mariez-vous donc. Ce sera votre affaire.

Fin du quatriéme Acte.

ACTE V.

SCENE PREMIERE.

ABAILARD, ELOISE.

ABAILARD.

ELOÏSE, eft-ce vous que je revois encore!

ELOISE.

Oui. C'eft moi que vous foupçonnez,
Et qui cependant vous adore.

ABAILARD.

Vous m'aimez, Eloïfe, & vous m'abandonnez!

ELOISE.

Plaignez-vous-en au fort qui pourfuit l'un &
l'autre.

Vous accufiez mon cœur, & j'accufois le vôtre.
Quand j'ai pu confentir à cet hymen fatal
Qui me livre à votre rival,
J'ai cru que je devois par honneur, par juftice,
A mon amour faire ce facrifice.
La Marquife avoit dit que par l'hymen lié,
Vous me trompiez, & trahiffiez ma flamme.

ABAILARD.

Falloit-il l'en croire, Madame!
Que notre fort eft digne de pitié,
Quoi! fans être mieux éclaircie,

Avez-vous dû d'abord ajouter foi
A des difcours qui noirciffoient ma vie,
Et qui dépofoient contre moi ?
Avez-vous dû , cruelle . . . .

ELOISE.

Epargnez-moi vos plaintes.
Oui. J'ai trop écouté mon dépit & mes craintes.
Mais que ne peut un cœur mortellement bleffé,
Un cœur qui fe croit offenfé
Par un endroit fi cher & fi fenfible !
L'excès de fa douleur lui montre tout poffible.
Refpectez mes ennuis , ne me reprochez rien.
Si j'ai failli , le ciel me punit bien !
Mon amour m'a trompée , & cette erreur me tue.
Abailard , je vous perds , & je me fuis perdue.

ABAILARD.

De votre oncle Fulbert je prévois le courroux,
Efperons toutefois . . . .

ELOISE.

Efpérance frivole !
Le Comte a reçu ma parole ,
Fulbert en eft témoin , tout eft fini pour nous.
Je ferme envain les yeux fur mon fort déplorable.
Le préfent m'épouvante , & l'avenir m'accable.
Amant infortuné , je ne fuis plus à vous.
Ce déteftable jour fixe ma deftinée ,
Il éclaire mon hymenée ,
Et vous n'êtes pas mon époux !
Ah Dieu !

ABAILARD.

Calmez votre douleur extrême.
Je ne mérite point ces regrets , ni ces pleurs ,
Et puifque vous m'aimez , & qu'enfin je vous
aime . . . .

ELOISE.

Voilà, voilà tous nos malheurs.
On s'arrache fans peine à ceux qui nous trahiffent.
Mais fe voir enlever des cœurs qui nous chériffent,
Mais fe voir aux autels entraîner, malgré foi,
 Par des parens qui nous y facrifient,
 Etre contraints d'engager notre foi
 Par des fermens qui pour jamais nous lient,
 Jurer de déchirer fon cœur,
D'aimer ce que l'on hait, de haïr ce qu'on aime,
D'immoler fon repos, de fe trahir foi-même,
C'eft le comble du crime, ainfi que du malheur.

ABAILARD.

Ainfi donc pour toujours vous m'êtes arrachée !
Vous qui par tant de nœuds me fûtes attachée !
Ce jour eft le dernier qui me doit éclairer.

ELOISE.

Non, Abailard. Envain on veut nous féparer.
Je ne trahirai point une fi belle flamme.
J'ai caufé tous vos maux, je vais les reparer.
A mon oncle Fulbert je cours tout déclarer,
Me jetter à fes pieds. Il lira dans mon ame.
Je ferai dans fon fein couler avec mes pleurs
La pitié, vos vertus, ma crainte & mes douleurs.
Suivez-moi. Votre afpeét va ranimer mon zéle,
Et prêter à ma voix une force nouvelle.

SCENE II.

FULBERT, LA MARQUISE, ELOISE,
ABAILARD.

FULBERT.

MA niéce, il est donc vrai que malgré mes
bontés,
Pour prix de tous les soins que vous m'avez coûtés,
Je ne reçois de vous qu'une mortelle injure ?
Vous voulez me forcer à devenir parjure.
Au Comte j'ai promis votre main, votre foi,
    Il a ma parole & la vôtre.
Aujourd'hui cependant j'apprens, avec effroi,
Qu'au mépris des sermens, vous en aimez un autre.

LA MARQUISE.
Cet autre, le voilà.
FULBERT.
    Quoi ! c'est vous, Abailard !
Deviez-vous me traiter, ingrat, comme vous faites ?
Non. Je n'attendois pas ce coup de votre part.
Mais je m'en vengerai, perfide que vous êtes !
ELOISE.
Monsieur, voyez mes pleurs, & calmez ce cour-
    roux.
Eloïse en tremblant, se jette à vos genoux.

LA MARQUISE.
Gardez-vous de mollir, l'action est trop noire.
FULBERT.
Songe ingrate Eloïse, à mes tendres bienfaits.

ELOISE.

Oui. Je vous dois tout, je le fçais.
Je cheris vos bontés, j'en garde la mémoire,
Il m'eſt cruel de vous déſobéir/.
Mais enfin je ne puis, trahiſſant ma tendreſſe....

FULBERT.

Tu l'aimes ! un ingrat que j'ai droit de haïr,
Qui, ſous les faux dehors d'une auſtere ſageſſe,
Trompe ma confiance, & ſéduit ta foibleſſe !
Encor s'il étoit né d'un ſang
Qui pût l'aſſocier, ſans honte à notre rang,
Je pourrois à tous deux faire grâce peut-être ;

ELOISE.

Qu'importe de quel ſang Abailard aît pu naître !
On eſt noble, Monſieur, quand on eſt vertueux.*

FULBERT.

Chimeres que cela. Je veux
Qu'au Comte en ce moment vous ſoyez mariée.
Obéiſſez.

ELOISE.

Je ne le puis,
Par les nœuds les plus forts Eloiſe eſt liée.

FULBERT.

Je prétends qu'on les rompe.

ELOISE.

Il ne m'eſt plus permis.

FULBERT.

Cette excuſe eſt étudiée.
On ne me trompe point.

ELOISE.

Croyez ce que je dis.
Ma gloire me défend....

FULBERT.

Ta gloire ! ah malheureuſe !
Qu'ai-je entendu !

* maxime bizarre de journal. Un gueux vaut-
accec n'a qu'à la débiter à la cour. Comme on le
rira au nés ! même à la cour papale.

LA MARQUISE.

La chose est sérieuse.
Souffrirez-vous, Monsieur ....

FULBERT *à part.*

Quel coup vient m'accabler !
Je ne me connois point dans ma douleur mortelle.
Ah perfide Abailard ! .... Il faut dissimuler.
Trompons-les tous les deux. Si l'offense est cruelle,
La vengeance fera trembler.

haut.

Puisque des nœuds si chers à son sort vous unissent,
Eloïse, venez : que vos craintes finissent.
Je me rends, je vous livre à l'objet de vos vœux.

LA MARQUISE.

Quoi ! vous les mariez !

FULBERT.

Oui, Madame. Et je veux
Pour cet heureux hymen célébrer une fête.
Je vais la préparer. Vous, Monsieur, suivez-moi.
Allons chercher quelque prétexte honnête
Pour appaiser le Comte, & dégager ma foi.

SCENE III.

LA MARQUISE, ELOISE.

LA MARQUISE *à part.*

J'ENRAGE de bon cœur. Vous voilà satisfaite,
Ma niéce. Ces liens charmans
Mettent enfin le comble à vos contentemens.
Je vous en félicite, & même je souhaite
Que vos plaisirs puissent durer long-tems !
Adieu.   SCENE

SCENE IV.

ELOISE *seule.*

D'Où peut venir cette frayeur secrette
Dont malgré moi je me sens agiter !
Un noir pressentiment, une voix inquiéte
S'éleve dans mon cœur, & vient m'epouvanter.
Je redoutois Fulbert, Fulbert me pardonne,
Il me donne un amant, il remplit mes souhaits.
Ce jour est le plus beau qui m'éclaira jamais,
Et cependant mon cœur gémit, tremble & fris-
    sonne !
Que penser après tout de ce prompt changement ?
    Ne sçais-je pas que mon oncle severe
Ne consulte jamais que son ressentiment,
    Et que toûjours un cruel châtiment
        Suit l'offense la plus légére ?
Croirai-je qu'un seul jour, que dis-je ! un seul mo-
    ment
        Aît pu changer son caractère !
        A ! de mon amant & de moi
Détourne, juste ciel, les maux que je prévoi !

SCENE V.

ELOISE, NERINE.

ELOISE.

NErine, que viens-tu m'apprendre ?

NERINE.

Une bonne nouvelle, & qui va vous surprendre.

Le Comte a reçu son congé.
Fulbert vient de lui faire entendre
Que votre cœur ailleurs est engagé,
Et qu'à votre hymenée il ne doit plus prétendre.
Un peu piqué du compliment
Dont son orgueil se scandalise,
Le Comte pour Paris va partir à l'instant,
Au grand regret de la Marquise,
— Qui se flattoit d'en faire son amant.

ELOISE.

Et que fait Abailard ?

NERINE.

Votre oncle alors l'invite
A passer avec lui dans un appartement,
Pour prendre quelque arrangement.
Abailard entre, & tout de suite,
Après avoir ainsi parlé,
Fulbert ferme la porte à clé.

ELOISE.

Cette précaution étoit peu nécessaire.
En tout cela je crois voir du mystére.

NERINE.

Je ne vois rien là de mystérieux ;
Et pourtant j'ai d'assez bons yeux.

ELOISE.

Acheve de m'instruire. Après que l'un & l'autre,
Dans l'appartement sont entrés,
Qu'ont-ils dit ? qu'ont-ils fait ?

NERINE.

Ils y sont démeurés.
C'est tout ce que j'en sçais. Quelle idée est la vôtre ?
Que craignez-vous ?

ELOISE.

Cours. Va trouver Frontin.
Mais ne perds point de tems. Frontin sçaura
peut-être....

NERINE.

Je n'irai pas si loin, & je le vois paroître.

SCENE VI.

ELOISE, NERINE, FRONTIN.

FRONTIN.

Pauvre Abailard ! Quel funeste destin !

ELOISE.

Explique-toi : Que fait ton maître ?

FRONTIN.

Madame, hélas !... C'est le trait le plus noir !..
L'avenir ne pourra le croire.
Dispensez-moi de conter cette histoire.
Vous frémiriez de la sçavoir.

ELOISE.

Non. Non. Il faut parler, il faut que tu me dises...

FRONTIN

De grâce ! ne me forcez point
A détailler le fait de point en point,
Je risquerois de dire des sotises y.

ELOISE.

Frontin, je le veux.

FRONTIN.

Soit. Il faut vous obéir.
Cette avanture est si tragique,
Que je ne sçais, malgré ma rhétorique,
Par où la commencer, ni par où la finir.
O ciel ! inspire moi. Mon maître
Venoit d'entrer avec Fulbert
Dans un apartement desert

L ij

Dont on avoit fermé la porte & la fenêtre.
Comme je foupçonnois quelque piége caché,
Je me fuis de ce lieu doucement approché,
  Et par une étroite ouverture
Je voyois à loifir tout ce qui fe paffoit.
  Deux hommes, de trifte encolure,
Que je ne connois point, & dont l'air paroiffoit
  Fort équivoque, & de mauvais augure,
Promènoient lentement leur hideufe figure,
  Tandis que Fulbert à l'écart
  Parloit à mon maître, à voix baffe.
  La fcène alors change de face.
On accourt, & de force on entraîne Abailard
Dans un réduit obfcur, au fonds de la terraffe.
Il parle, on l'interrompt ; il fupplie, on menace.
Bientôt l'éloignement, la frayeur, & la nuit
M'empêchent d'écouter, & de voir ce qui fuit.
La porte redoutable enfin à mes yeux s'ouvre.
Sur un trifte fopha quel objet fe découvre !
Abailard....

ELOISE.

  Il eft mort ! dites-moi par quels coups...

FRONTIN.

Il n'eft pas mort pour lui ; mais il eft mort pour
  vous.

ELOISE.

Quel eft donc ce myftére, & que voulez-vous dire !

FRONTIN.

On a détruit en lui l'homme.... fans le détruire....
  Enfin, pour vous parler fans fard,
Il eft mort fans mourir... Il eft vivant, fans vivre...
  Abailard. ... n'eft plus Abailard....
La douleur, les fanglots m'empêchent de pourfui-
  vre.
Nerine, dans ces lieux n'attendons rien de bon.

Eſſayons de ſortir, au moins tels que nous ſommes,
De cette maudite maiſon ,
Où l'on traite ſi mal les hommes.

SCENE VII.

ELOISE *ſeule*.

CHER Amant, c'eſt donc là le précipice affreux
Qu'a creuſé ſous tes pas mon amour malheureux !
Les regrèts, la douleur , une honte éternelle,
Peut-être même encor ta mort ;
Mais une mort effroyable & cruelle,
Vont être déſormais ton ſort !
Voilà la triſte dot que t'apporte Eloïſe !
Oui. C'eſt moi ſeule, hélas ! qui fais tous tes mal-
heurs ;
N'en cherche point la cauſe ailleurs.
Intrigue , complot , entrepriſe ,
J'ai tout conduit. C'eſt moi qu'il faut punir.
Quand ce matin , préſageant l'avenir ,
Tu me preſſois de hâter notre ſuite ,
Par combien de raiſons éludant ta pourſuite ,
N'ai-je pas ſçu te retenir !
Mais ce ſont là les moindres de mes crimes.
C'eſt moi qui la premiere , égarant ta raiſon ,
De l'amour en ton ſein ai verſé le poiſon !
C'eſt moi , qui me prêtant aux plus tendres ma-
ximes ,
Ai pris plaiſir d'entretenir ces feux
Qui rendent les amans heureux,
Mais que le ciel traite d'illegitimes.
J'ai contre toi fait ſervir mes appas ,

Tristes dons, dont ce ciel en m'ornant m'a punie!
Par des liens secrets j'ai voulu t'être unie.
J'ai tout fait en un mot pour hâter ton trépas.
Ce souvenir me déconcerte!
Mais supprimons les discours superflus.
Cherchons pour nous cacher, quelques lieux in-
connus,
Quelque antre obscur dans une île déserte,
Où mon nom ni le tien ne soient point parvenus.
Fuyons le monde.... Oui. Je ne verrai plus
Mes crimes, ni les cieux, ni tes maux, ni ma
perte.
Et je vais.... Mais que vois-je! Abailard est-ce
vous!

✻✻✻✻✻✻✻✻✻✻✻✻✻✻✻✻✻

SCENE VIII. ET DERNIERE. *

ABAILARD, ELOISE.

ABAILARD *qu'on a apporté dans un fauteüil.*

LE reconnoissez-vous encore
Cet objet malheureux du céleste courroux, *ouf!*
Ce vil rebut que tout le monde abhore?

* Si cette piéce eût été destinée à la représentation, je n'aurois eu garde de faire paroître Abailard sur la scene, après ce
qu'on sçait lui être arrivé. Cette situation est une de celles que
le Poëte défend de mettre sous les yeux du spectateur. Soit
raison, soit préjugé : Œdipe, par exemple, auroit mauvaise
grace de venir exhalter ses douleurs sur notre théatre, après
s'être crevé les yeux. Que seroit-ce d'Abailard? Notre délicatesse & nos mœurs m'auroient pareillement fait supprimer bien
des choses du récit de Frontin, que j'ai cru pouvoir hasarder
dans un ouvrage qui ne doit être que lu.

E L O I S E.

Epargnez-vous ce titre détesté.
N'êtes-vous pas toujours cet Abailard aimable,
Cet homme partout respecté ?

A B A I L A R D.

Au nombre des mortels je ne suis plus compté.
Allez. Fuyez un miserable.
J'ai trop vêcu.

E L O I S E.

Respectez vos vertus.
Vivez.

A B A I L A R D.

Vous ignorez mon destin déplorable.

E L O I S E.

Non. Je sçais tout.

A B A I L A R D.

Ne me voyez donc plus.

E L O I S E.

Un semblable discours vous offense & m'outrage.
Mes barbares parens l'avoient ainsi pensé.
Ils ont cru que rampant sous un vil esclavage,
J'étois des passions le jouet insensé ;
Et que courant après un spécieux phantôme,
Mon cœur dans Abailard n'avoit cherché qu'un
    homme.
Ils ont cru me punir en vous sacrifiant ;
Mais leur espérance est trompée.
Par le plus foible endroit les cruels m'ont frappée.
Sans m'ôter mon amour, ils m'ôtent mon amant.
Je ne suis point changée, & lorsque je vous aime,
Dans vous, cher Abailard, je n'aime que vous-
    même.
S'ils prétendoient en effet me punir
De cet amour qui les irrite,
Leur fureur devoit vous ravir

Vos vertus & votre mérite,
Alors j'aurois pu vous hair.

ABAILARD.

O d'un amour parfait effort sublime & rare !
Quel cœur ! j'eusse été trop heureux !
Quoi ! tandis qu'un abîme affreux
Pour jamais de vous me sépare,
Quand j'éprouve l'horreur du sort le plus barbare,
Quand je deviens à moi-même odieux,
Vous m'aimez, vous brûlez toujours des mêmes
feux !

ELOISE.

Ah ! que plûtôt Eloïse périsse,
Avant que cet objet qui la sçut enflammer . . . .

ABAILARD.

Arrêtez, Eloïse. Il n'est plus tems d'aimer.
Il est tems que sur soi chacun de nous gémisse.
Avant que du ciel en courroux
Le bras sur nous s'apesantisse,
Cherchons à prévenir ses coups,
Et par nos pleurs désarmons sa justice.
Il commence déja par nous humilier.
Sa vengeance bientôt va nous sacrifier
Comme des coupables victimes,
Si nous ne nous hâtons de nous purifier.
Vos malheurs & mes maux sont le fruit de nos
crimes.
Loin de nous plaindre, il faut les recevoir,
Et les recevoir avec joye.
Ils sont notre ressource, ils sont l'unique espoir
Que le ciel quelquefois aux coupables envoye.
Profitons-en, Madame, & sans temporiser . . . .
Faisons . . . . . .

ELOISE.

Eh bien, parlez. Que faut-il que je fasse ?

ABAILARD.

ABAILARD.

Par un prompt repentir mériter notre grâce.
Le ciel eſt offenſé, nous devons l'appaiſer.
Aux foles paſſions aſſervis l'un & l'autre ;
  Nous leur avons, pour nos contentemens,
  Sacrifié tous nos momens.
Vous faiſiez mon bonheur, je travaillois au vôtre.
  Toujours charmés, toujours charmans,
Chaque jour, chaque inſtant augmentoit nos dé-
lices.
Ces beaux tems ne font plus. D'affreux événemens
Ont changé ces plaiſirs en autant de ſupplices,
  Qui par de juſtes châtimens,
  Vengent le ciel de nos déréglemens.
C'eſt à nous d'achever cet important ouvrage.
Le monde eſt cette mer où nous fîmes naufrage.
Vous entendez encor ſes fiers mugiſſemens,
  Nous périrons ſous ſes flots écumans,
Si nous ne regagnons au plûtôt le rivage.
Fuyons.

ELOISE.

  Et dans quels lieux dois-je porter mes pas?

ABAILARD.

Après l'ignominie où notre ſort nous jette,
  Le cloître eſt la ſeule retraite
Où nous puiſſions en paix attendre le trépas.

ELOISE.

Comment, le cœur brûlé d'une flamme inquiéte,
Oſerai-je embraſſer le plus ſaint des états?
Quoi! quand mes paſſions me déclarent la guerre,
  Trouverai-je la paix ailleurs!
Quoi! leverai-je au ciel mes yeux noyés de pleurs
  Ces yeux toujours attachés à la terre!
Voile, ſacrés autels, ſalutaires rigueurs,
  Vœux auguſtes, retraite auſtere,

M

Etoufferez-vous mes ardeurs ,
Le jufte ciel , toujours terrible en fa colère ,
Lui qui ne veut de nous qu'un hommage fincere ;
Ecoutera-t'il les douleurs
D'une victime involontaire ?
Et changeant notre état , changerons-nous nos
cœurs ?

ABAILARD.

Oui. Le ciel peut dans nous opérer ces miracles.
Commençons feulement , & bientôt fes faveurs
Surmonteront tous les obftacles.

ELOISE.

Vous le voulez ?

ABAILARD.

J'ofe vous en prier.
Jufqu'ici l'univers , témoin de nos tendreffes ,
A connu nos erreurs , a compté nos foibleffes.
Après l'avoir féduit , il faut l'édifier.

ELOISE.

Allons donc nous facrifier.

ABAILARD.

Que de vertu ! Reçois ce facrifice ,
O ciel , & puiffes-tu nous devenir propice !
Adieu. Voici l'inftant qui va nous féparer.

ELOISE.

Helas !

ABAILARD.

J'entends votre cœur foupirer.
En ces derniers momens foyez plus magnanime.
Et par l'effort d'une vertu fublime ,
Montrez qu'on peut fans murmurer
Quitter tout ce qu'on aime , & tout ce qu'on
eftime . . . .
Mais moi-même je tremble , & je fens que ma
voix . . . .

ELOISE.

Je vous perds donc ? au moins, puifqu'encor je
 vous vois,
Soûtenez ma vertu chancelante, indécife.

ABAILARD.

Le ciel prendra ce foin, fi vous êtes foumife;
 Abandonnez-lui tous vos droits.

ELOISE.

Ah, mon cher Abailard !

ABAILARD.

     Ah, ma chere Efoïfe,
J'ai prononcé ce nom pour la derniere fois.

F I N.

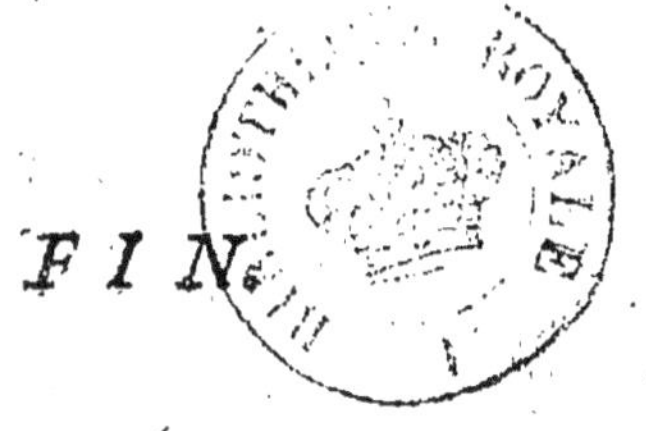